今夜採訪誰？

臺灣囝仔勇闖美國的飛翔之路

海翔——著

1 5
2
3 6
4

圖1▎ 主持百年國慶典禮，這是一輩子的光榮啊！
圖2▎ 海外十大傑出青年獎。
圖3▎ NCCMA最佳專題報導獎與電台節目製作優秀獎。
圖4▎ 加入星島集團後最滿意的一張廣播宣傳照。
圖5▎ 最受歡迎DJ獎。
圖6▎ 《今夜有話要說》第一次定裝宣傳照，拍了好幾天終於搞定。

1	2
3	4
5	6
7	

圖1｜與馬前總統合照。
圖2｜與侯漢廷合影。
圖3｜與郁慕明合影。
圖4｜與白先勇合照。
圖5｜與朱高正合照。
圖6｜與李昂合照。
圖7｜與謝長廷合照。

1	5
2	6
3	
4	

圖1｜ 與加州副州長紐森合照。
圖2｜ 與陳冲合照。
圖3｜ 與董事長樂團合照。
圖4｜ 與任賢齊合照。
圖5｜ 與高孔廉合照。
圖6｜ 星島工展會，超級型男活動，由我型男始祖，火辣開場。

1	2
3	4
5	6

圖1▎看看我和陳建州像不像？
圖2▎與邰正宵合照。
圖3▎演唱結束後我替小豬羅志祥主持歌迷見面會。
圖4▎與朱木炎合照。
圖5▎在攝影棚巧遇陳冠希。
圖6▎再一次採訪賴聲川老師。

1	2	3
4	5	6
7	8	9

圖1▎ 與葉璦菱晚餐合影。
圖2▎ 與倪安東合照。
圖3▎ 與郎祖筠合照。
圖4▎ 與郭德綱合照。
圖5▎ 與鄭欣宜合照。
圖6▎ 與裘海正合照。
圖7▎ 與曲婉婷合照。
圖8▎ 與黃子佼合照。
圖9▎ 與郭小莊合照。

自序
海翔又出書囉！

在我的媒體人生涯中，寫作這一塊領域並不是我的強項。也不曾奢望成為暢銷作家，但可以寫書出版卻是我從小的夢想。真沒想到這夢想不僅能實現，更有機會讓我在第一本書的架構下，完成第二本作品。其實在寫作的過程中，我總能沉浸在這個屬於自己的空間裡，享受這樣的感覺。或許是眷戀那樣的感覺，我喜歡把自己與外界暫時隔離起來，給自己一個寫作的時空。但在忙碌的工作中，寫作是一種奢侈的「享受」，直到主持電視節目《今夜有話要說》後的第四年，我找到了寫的主題和動力，我犧牲睡眠和一些休閒活動，完成了寫書夢想的實現。幾年後，我還是忘不了這種與外界暫別的感覺，決定再一次動筆，寫下這本以《海翔，有話要說》為基本架構的作品。

回頭看看當年花了四年的時間，主持電視節目《今夜有話要說》，天天都像在準備聯考，天天都在和時間賽跑。主持現場（live）節目是考驗我的臨場反應，又因為每天不同的話題，天南地北，中外古今，我都必須在短時間之內消化大量資訊，長期下來，我身心壓力之巨大，相信非一般人難夠想像。但那四年的主持經歷卻是我主持生涯當中最好的磨鍊，大大增加了我的主持功力，對日後主持節目及人與人之間的應對與處事都有實質上的幫助，更對我有一輩子的影響。

我常在想，究竟是什麼讓我在這工作崗位上支持下來，是一股熱忱吧！在《今夜有話要說》的製作和主持上，我投入無可衡量的精力和情感，甚至是用「老命」來做這個節目。「今夜」之後，我依舊充滿熱忱，除了對節目的熱愛之外，我也希望能藉由這樣的媒體平台，為社區做一點事。雖然壓力很大，但每當聽見觀眾因節目而有所收穫，甚至直接得到些幫助，解決了眼前的困難，我所有的疲勞就瞬間消失，覺得一切的付出和努力都是值得的。

很高興我的工作能夠對社區有所貢獻，其實，我常覺得自己才是最大的受益者，因為它讓我增長了見聞。在此，非常感謝《星島日報》美西版總編輯，現任《星島日報》美西版社長梁建鋒先生。事實上，第一本書《海翔，有話要說》的誕生與梁社長還脫不了關係呢！有一次，在廣播節目的合作中，他給了我這樣的靈感和建議，就是將《今夜有話要說》的訪談經驗，轉換成文字表達出來，也算是給自己留下一個回憶。梁社長的這句話，真是一語驚醒夢中人，這的確是一個非常棒的主意，我終於找到了寫書的主題和動機了，日後我也養成將這些採訪資料保存下來。在著手寫第一本書時，唯一讓我猶豫的是，在工作上，我已是蠟燭多頭燒，真有這個本事和能力完成它嗎？事實證明我做到了！

當《海翔，有話要說》出版時，我內心充滿著不小的成就感及自豪。書裡，不談大道理，也沒有什麼大學問，但是，卻是我海翔一字一句，誠意十足，總結四年來點點滴滴的「心情記事」。我終於完成夢想，也可以向別人介紹自己時，除了是專業主持人，也多了一個頭銜——作者。如今第二本書的出版，除了多了一些經驗之外，更多了一些信心。

當年在撰寫《海翔，有話要說》這本書，從構思、下筆到出版，大約歷時兩年。過程中，因為實在忙不過來，曾斷斷續續停了好幾回，但憑著一圓夢想，我從未有放棄的念頭，甚至常在主持完節目，回到家裡，在夜深人靜中，心情所致，振筆疾書卻不覺得疲憊，反而樂在其中，自得其樂。這回，由於工作調整緣故，已不在夜深人靜中下筆寫書，反而趁週末時間，當個宅男在家享受文筆字句當中的逍遙。

這本書除了涵蓋及更新之前《海翔，有話要說》二十二篇不同人物的訪談經驗，以及「國慶酒會特別篇」和節目停播時的心得「完結篇」，共二十四篇文章之外，另外增加了「今夜」之後這個篇幅。也就是在《今夜有話要說》節目停播結束之後，轉換到廣播媒體繼續在空中平台服務時，所節錄的訪談經驗分享。其實在撰稿的同時，我常有一種在和朋友說真心話一樣的感覺，暢快自在。有人說，寫作是一番對人生咀嚼的功夫，我現在能確實體會，它讓我重新檢視在主持工作上的好與壞，對與錯。這些年來，我最大的心得是——「成長」，是對事物的觀察、體認的一種成熟度，也是無形的心靈成長。

曾受邀的訪談嘉賓，我無法在此一一細數，但，與每一位人物的談話，都深植我心，彷如昨日，歷歷在目，他們每一位都是我的人生導師，謝謝他們。也正因為如此，我在選篇的過程中，難題就出現了，實在很難取捨主題和來賓，選擇的過程是天人交戰，糾結許久。後來，我經過人、事、時、地、物等多方面的考量，節選出具代表性的二十四篇，好比，不可能任務——專訪達賴喇嘛；第一次外景體驗——專訪國際級大導演李安；一集全體總動員，齊心協力完成的最後一集精彩完結篇；膽戰心驚，讓人汗流浹背的開放話題；以及一幕幕平凡中最深感動的人生故事專訪。這些篇章對我來說，都有不同的意義，要不是獨具非凡，就是經驗難忘，也是我個人以為最為值得與讀者分享的幕後故事。如今有機會再加上新的篇章，讓我的主持生涯的經歷能在文字中更完整的留下，實屬相當幸運。

最後，容許我再一次強調，本書純粹是我個人心得及經驗分享，有些觀點和陳述或與讀者看法不同，還請各位多包涵，當然也歡迎您電郵賜教oceanjaron@hotmail.com或在臉書上（尋找「海翔」）以及微博中互相討論，謝謝大家讓我有這機會繼續一圓出書夢，有這樣的「因」，而有了出書的「果」，再加上您的支持與鼓勵，讓它更「圓滿」，感恩！

專業、認真、深入瞭解

前僑務委員會委員長　吳英毅

日本傳播學者久恆啟一說：「採訪的關鍵在於問題中肯，要有一個好的回答，必須先有成功而富創造性的問話」。而我認為「提出成功且富有創造性問話」的關鍵就在於記者對人物、事件所掌握的功夫，以及專業採訪的功力。

記得二〇〇九年訪問舊金山僑社時，我受邀於《今夜有話要說》時事政論節目接受海翔訪問，雖然因為行程的安排，沒有辦法進行長時間訪問，但是短短三十分鐘的專訪，可以感受到海翔事前的研究準備工作非常充分，他所提出問題的深度與廣度，以及臨場的應變力，更是讓我印象非常深刻。

海翔雖已離開臺灣多年，卻仍心繫臺灣、時時關心臺灣，除透過主持的廣播及電視節目，讓灣區觀眾同步瞭解國內最新政治情勢、經濟發展及社會文化訊息外，亦在繁忙工作之餘，擔任灣區中文學校教師及志工，協助推廣海外華文教育，實在相當難能可貴。

海翔是一位深入瞭解被訪者、會問問題，能聽對方說話的記者，相信各位讀者在這本書裡可以看到他的專業與認真，更能從書裡得到許多想法及啟發。

中華民國一〇一年八月十三日

談海翔與節目

國民黨海外部副主任　鍾維君

世界上有多少人，一生能夠選擇自己感到有興趣的職業？大多數的人都是為了五斗米而折腰，所學非所用的為生活而奔波的職業。而海翔學弟就能夠，在以英語為主的美國舊金山．開闢了這麼一個以華人關注問題的談話性節目，令人稱羨！記得當年我毅然決定離開華視導播組，到紐約大學進修電影學系，原準備學成後返台，可以大展抱負；完成我多年來決定以影視為我終身職業的志願。結果卻事與願違，最後向生活環境低頭，改行學了會計，在美國養家活口的混沌過了三十年，而電影與電視卻始終是我一生的最愛。只是時不我與，而今見到了後起之秀的電視從業員，能夠在海外開花結果，真是喜出望外，寄予期盼。

在美國從事電視工作，不僅只是術業有專攻的問題，更重要的是市場供求的銷售與成本的問題。七〇年代美國重要城市的華人比例，養不起一個專屬的華語電視台，而華人從業員、也絕無可能加入當地的影視工會，也就是說；好來塢容不下一個黃面孔的中國人，世事變遷、想不到四十年後的美國影視界，還必須靠華人居多的亞洲市場來維持生存，而導演、演員、與幕後工作者；均不乏華裔的優秀從業人員，他們的成就也都在影視界頒獎典禮上備受肯定。

因此，這是空前未有的大好時機，華人市場夠大，廣告資源夠豐沛，全球資訊夠暢通，而海外華人思想也夠開放，在這樣一個天時、地利、人和的大環境裡，一段有別於電視劇、綜藝節目、的政論性節目是有其必要性的。目前，《今夜有話要說》已經是灣區家喻戶曉、每晚必看的節目，海翔很客觀的將天下大事，請相關人士分析講解，在不到半個小時的節目裡，讓觀眾精準的了解到事實的真相。這對於許多身在海外、心繫兩岸的華人，不啻是荒漠甘泉的精神食糧，期盼灣區的觀眾們給予鼓勵，讓年輕有幹勁的電視節目主持人——海翔能為我們帶來更精彩、更有益華人社區的電視節目。

《今夜有話要說》
——美國華人生活的小縮影！

前民進黨矽谷支黨部主委　張國鑫

第一次認識海翔是參加他主持的《今夜有話要說》節目談臺灣的政治時事，海翔是這個節目新的主持人。在舊金山灣區看《今夜有話要說》的華人很多，換主持人是社區大事，主持人的風格、在節目中的表現更是大家茶餘飯後聊天的話題。而我參加的都是爭議性的政治話題，對主持人的表現更加敏感。海翔給我的第一印象是「誠懇」、「反應敏銳」、「認真」、「專業」。

《今夜有話要說》節目包羅萬象，只要是觀眾有興趣的時事，那怕是天文、地理，都是節目討論的內容。主持人不但要廣結善緣，也要有認真學習的態度，才能滿足觀眾的要求。在臥虎藏龍的灣區，要作好節目是很大的挑戰。主持人不但要有很好的敬業精神，面對五花八門的意見要能去繁存精，虛心接受各種批評，受到委屈時也要處之泰然。臺灣社會的脈動很快，政治變化瞬息萬變，要主持好一個政論節目必須非常用心。海翔很認真的要把每一個節目作好，對來賓的建議也多能虛心接受。隨著時間，海翔對時事的掌握漸趨敏銳，對議題的發揮也頗能切題。剛上海翔的節目時，覺得他對一些政治議題還是有一些生疏，但是沒有多久，他已經是一個非常稱職的政論節目主持人。海翔的學習能力和用心，令人印象深刻。

海外的華人，很多人政治立場鮮明，有的更把意見不同的人當作異類、敵視不同的政治主張。遇到爭議性的政治議題時，好惡分明。要主持好一個政論節目，必須面面俱到。一般來說，看《今夜有話要說》的藍營（泛國民黨）支持者比較多，也比較踴躍打電話表達意見。綠營（泛民進黨）支持者看的也不少，但多屬於隱性。很多觀眾把藍營的來賓上節目當作常態，看到綠營的來賓就坐立不安。也因為這樣，主持人光要作到讓綠營的意見有公平表達的機會，就要承受很大的壓力。綠營的人上節目的次數多一點，就有觀眾就打電話進來抗議。而觀眾打電話進來辱罵不同立場的來賓、甚至作人身攻擊，更是平常的事。其實藍、綠對立不但無助於臺灣的民主，也製造了華人社會沒有必要的對立。如果能讓藍、綠的聲音平衡表達，不但有助於彼此瞭解，也可降低沒有必要的敵意。觀眾對來賓的人身攻擊更不是好事。海翔也注意到這些了，盡力作到讓不同聲音有表達的機會，也努力降低觀眾對來賓的人身攻擊。慢慢地，在《今夜有話要說》的節目中，觀眾也較能以理性的態度和來賓討論一些政治議題。

二〇一二年讓灣區很多華人失望的是《今夜有話要說》節目停播了！很多女粉絲口中的「小帥哥」已無法再於每晚十一點和觀眾分享各種大家關心的話題，忠實觀眾的失落感更不在話下！海翔雖然暫時在電視螢幕上消失，但他主持的《今夜有話要說》不但曾為灣區的華人提供多元資訊，促進華人社區的和諧，也給很多人留下快樂的回憶。而海翔也銳變成一個成熟、穩健、又充滿自信的名節目主持人。他除了在星島電台的《四海翱翔》節目繼續服務灣區的華人，相信有一天他能為更多、更廣的華人提供知的權利！我也很高興能有機會和海翔共事、一起成長，除了共同努力為華人提供不同政治觀點外，也成為好朋友。

海翔將三年來主持的《今夜有話要說》節目精華編輯成書，除了與觀眾分享心得外，也讓沒有機會看節目的讀者能以最短時間一窺節目精華。這本書是很多人美好的回憶，也是在美國華人生活的小縮影！

優秀青年

美國樂視內容部副總經理／前北美新浪網總編輯

王瑩

不知不覺，跟海翔一起合作《焦點訪談》又是三個多年頭了。

讓我割捨不下，在極端繁忙的工作和生活中一直堅持下來的原因，是海翔對於自己事業的那份盡職盡責的心。讓我感動，激勵鞭策我前行。

毋庸置疑，海翔是一個非常優秀的青年。禮、理、勵、立，依然是我給他的評價。

海翔是一個很有禮貌的年輕人。我想，這得益於他出生在臺灣，而臺灣是目前將傳統中華文化保留得最好的地區。正如最近大陸青年作家韓寒的《大洋的風》一文所描述的那樣。在大陸有「臺版韓寒」之稱的臺灣青年作家廖信忠也說，臺灣人的素質與秩序中，更帶有中國傳統的人情味。

因為工作的關係，我大部分閱讀的內容都在網路上。對於網路上存在的種種「怪異」現象也是頗有體會。直到有天讀到臺灣文化名人張大春的一篇文章〈我沒禮貌，你是誰〉，講述自己遇見的網路族「不懂禮貌」的事情。當今社會進展節奏快，很多年輕人也是迫於自己工作生活壓力，往往在語言上、舉止上，更多按照自己的意願和設想來進行，較少站到對方的角度想問題、想事情的解決辦法。當然，這個問題是綜合性和複雜的，簡單數句無法闡述清楚。我想說的是，海翔的禮貌，更多體現在他肯站在對方的角度設想，這在現今的年輕人中較為難得。

每次參與海翔的節目，跟原來與他合作有一個很大的不同，就是海翔每次都會主動提供話題提綱。這就意味著他會花上相當的時間，去閱讀、瞭解、思考自己下一個要談論的話題。做足功課。海翔的這份責任心在當下的年輕人中非常獨特和少有。

海翔是理性的年輕人。記得二〇一二年一月期間與他合作一期節目，期間我們聊到臺灣總統選舉。他坦承地跟我說了很多他對於兩岸問題的看法，讓我對他刮目相看。臺灣與大陸之間的兩岸關係，我個人感覺，也許在地理環境上置身度外，會有另外的視角。海翔出生在臺灣，在他來到美國後，異地換位思考，也就有了更多理性層面的認識。任何事情很難用對，或者錯去簡單下個結論，得出結論的過程似乎更為重要。

海翔在主持《焦點訪談》的同時，還在三藩市星島中文電臺主持多項其他工作，尤其近期負責所有有關新媒體業務後，每日時間表都更加緊張，工作量很大。他主動就傳統媒體在當今社交媒體當道的前提下，如何轉型，如何適應和尋找新形勢下的媒體生存空間，他思考了很多，資料也看了很多，興致盎然地跟我訴說。他很樂觀。年輕人，就該多經歷一些；現在苦，不見得未來會苦，相反，也許會甜。是啊，這是對待生活和工作的理性態度。

說到「勵」，當然取其「勵志」之意。《焦點訪談》是三藩市地區唯一一檔電臺訪談 Talk Show 節目，海翔擔任主播以來，節目在選題方面涉獵十分廣泛。除了常規類新聞事件、時政分析之外，在人文藝術、生活資訊方面也都有涉及。但節目的主軸，即內容最終的立意及著墨點，都非常積極向上。

二〇一一年十月蘋果公司創始人賈伯斯去世，原本與海翔談話的主題臨時改為賈伯斯。這是一件非常令人傷感的事件，天才早逝，無人不感嘆上蒼之不公。那期節目至今令我難以忘懷。我們在分析賈伯斯甚至是在徹底改變我們生活的時候，性情中的海翔在節目當中甚至眼睛紅潤。節目的最後，我們將話題轉到所謂矽谷精神的實質，乃是創新、包容，即使賈伯斯不在了，他給矽谷創立的這種精神依然還會存在，讓多得數不過來的天才們繼續在矽谷這個舞臺繼續精彩。

俗語說「三十而立」，正值年富力強的海翔取得了事業上的極大成功。甚至僅僅參與其中極為微小的一部分的我，也實實在在地感受到了。經常在參加灣區各類活動的時候，遇見陌生人過來打招呼：我聽過您在海翔的《焦點訪談》節目裡。可見這檔節目在矽谷地區華人群體裡的收視率有多麼的高。

海翔是個非常優秀的青年。孜孜不倦，前行不綴。在他的這本記述自己真實經歷的裡，我相信大家同我一樣，會看到、感覺到一個勤奮、聰穎的年輕人的經歷路程，以及他那顆善良、博懷的心。更為難能可貴的是，那份對待自己工作和生活的盡職的心。

蛻變之後，不變的熱情

資深媒體人　李喬琚

不敢相信，為海翔第一本書寫下「蛻變」已經是四年前的事了。得知臺灣的秀威資訊出版社要為海翔重新編排出書，很替他高興。記得，有一位非常知名出版社的總編輯曾經跟我說，一本書的內容要能做到不因時間的改變而失去了價值，那就是一本值得讀者投資的書。海翔用四年的時間證明了這本書是經營一種「價值」，而他做到了。以下為文正是二〇一三年海翔要出書的時候，此時再讀，是一種回味，而且那個堅持的海翔沒變！

再見到海翔是剛過完年。這一天，向來熱鬧的Palo Alto市中心溢著二〇一三年的新年氣氛，咖啡店、餐廳生意都不差，這也才發現又多了幾家新的咖啡店，也是滿座。天氣冷颼颼，卻有著暖意；大概是氣氛使然，嗯，新年，人們心中總是懷著許多願望吧，懷抱著願望的感覺總是好的！

記得海翔初次提到想寫本書的計畫，不，正確的說法該是他已經開始寫了，他頗低調地說，想和我聊聊我過去的寫書經驗，甚至想把初稿給我看看。我冒出的第一個想法是，這個靠嘴巴吃飯的海翔，竟然要動筆了。這行，跨大了吧！

眼前的海翔，讓我想起，我讀他的第一篇文章——「李安」，沒有咬文嚼字，沒有引經據典；與其說我在看「文字」不如說我很自然地去感受一種「心情」，一種接受挑戰，又驚又喜的心情；一種在謙虛學習之下，又不服輸的心情；一種在極大壓力之下，做盡所有準備，在螢幕前「放下」，又盡其所能吸納周圍能量的心情。

眼前的海翔，讓我想起，當他跟我說，節目要停了時的神情，是在「確定」的語調中，似乎又帶著一些些的希望，電話另一端的我，仍是半信半疑，他千交待、萬提醒，這是尚不能說的祕密。帶著祕密再看到螢幕上的海翔，卻仍精神奕奕，努力過好每一分鐘。他說，自己並非戀棧，而是不捨觀眾情。後來讀完他的最後一篇文章「精彩完結篇」和「自序」之後，是一種深刻的體悟，我明白他在說什麼，媒體人也或多或少帶著公眾人物的色彩，常是活在別人眼中的自己，這兩篇文章該是最貼近自己的，我問他，「是否為心中所想？」他回答，「是！」

眼前的海翔，讓我想起，他求好心切的神情。常常，討論了一些想法，像是採訪對象要加檔案，做語錄，像是蒐集一些作者成長照片等等，我總會補上一句，「作者可以自己決定，要做什麼，不做什麼。」但海翔總在不到三秒鐘之內說，「『難』沒關係，只要應該做，會有好的呈現，我就做！」為了準備作者照和受訪者照，他利用週末，翻出了許多的相片，一張張做圖說，我們一張張聊，我累了，他卻說，「好開心喔！」

眼前的海翔，讓我想起，那個看到文字彷若在聽他說話一樣的海翔。他忠於自己，見他的文字有獨家的興奮，有見到大師的又驚又喜，當然，也有臨時狀況的沮喪。我很喜歡讀他文章的結語，他把對全篇主題的情感以最為自然的方式，深刻地落在結尾中。我常半開玩笑地說，「我喜歡你為每篇文章的結尾，勝過起頭。」這句話之後，可以想像，海翔又開始思考和用功了起來，希望寫出最好的「開頭」，讓起、承、轉、合都一樣好。

眼前的海翔，讓我想起，那時而低潮的他。有一次，他說，真的撐不下去了，我覺得好熟悉，因為我也曾在寫書的過程中，說過這樣的話。後來，我告訴他，一位編輯曾鼓勵過我的一句話：「寫書就像在一堆瓦礫廢墟中，建起高樓。」他聽見了，轉身又是一個陽光青年。

眼前的海翔，讓我想起，那年在灣區法鼓山參加禁語禪三的海翔。因為不要有分別心，我們沒有必要知道誰是誰，當然也沒有自我介紹。直到活動接近尾聲時，我們才做了心得分享並介紹自己，海翔沒有說他是「海翔」，只用了他的英文名字，當時《今夜有話要說》已經結束，他在禪三的模樣和電視上是不同了，有許多人並不知道他就是那個海翔。後來，他跟我說，從來不想把公眾人物的角色混淆了，其實他只想做個最簡單不過的自己。

眼前的海翔，讓我想起，那個出了車禍的海翔。談到出車禍的事，他的語調是平靜中帶著無奈。後來，看到那篇「二次專訪金溥聰」，正是他處於車禍時做的節目，文中提到，他在驚嚇之餘，三不管地坐在高速公路上，我實在很難想像那是什麼樣的狀況。處理完一片混亂之後，他還是要隱忍疼痛做完金溥聰的專訪。如同專訪「達賴喇嘛」的複雜處境，他要對自己負責、對觀眾、對公司負責。

眼前的海翔，讓我想起，創意的他！不僅是在每年的「歡樂過聖誕」或者是他和觀眾說再見的上下集節目，看著那幾集節目的我，腦海裡想著：「這小子真的挺有創意的嘛！」其實，這早已不用懷疑，只是有時在框框架架的架構下，創意只能發揮在命題中，而不是隨著自己的個性來操作，海翔的延展度是驚人的。

眼前的海翔，讓我想起，那個要捕捉在媒體事業發展中，最多學習的他。別人見到的是光環，他見到的是自己的不足與成長，他要用文字記錄下來，是提醒自己，成就每一件事都是辛勤耕耘的結果。

那一年，和眼前的海翔說拜拜，離開Palo Alto市中心，行駛在一〇一公路上，腦海裡像是放映著「海翔有話要說」的膠捲一樣，那個海翔，這個海翔，其實都不重要，因為人們總從不同的面向去解讀周遭的人，家人、朋友，尤其是公眾人物，但只要自己了解是如何改變，為何改變，改變之後又該如何，才是最為珍貴的吧！

四年過去，我們再見海翔，是不變的執著，恭禧了！

而今邁步重頭躍

時事評論員　孫曉光

和海翔老弟搭檔做節目是從電臺《每月一書》開始的，一直順其自然地從後門進了電視臺的攝影機前，頭銜也常常更換，以我對美國公共事務的稍許激情和擁擠人生稍帶的經驗，海翔常常抓差我到他的《今夜有話要說》電視訪談節目中，話題橫跨美國政治經濟和法律，凡關於中國「大事件」，我都有機會露臉胡侃一通。以致常遭五毛分子現場實播電話的臭罵，海翔老弟有時也會順帶被扁兩句。

往事並不如煙。現在我無論有怎樣的預感，海翔也不會再打電話來了，他的節目被「休假」了。留下的只是我們心有靈犀的友誼，信任和尊重永恆。

許多人以為在電視機裡的人是天生滿腹經綸，伶牙俐齒。非也，我們的每個節目，開場白都是海翔事先寫好的，最後一分鐘時，他還在嘟嘟囔囔地默念。難怪灣區觀眾覺得他每次開場白都超級誘惑人。我和海翔差一點，常常準備不充分，節目完了馬上吃後悔藥，對攝製組和他道歉，因為收視率下跌會影響他的工作情緒的。

對於任何一個從中國大陸來美國的華裔，內心對政治的恐懼和冷漠構成一種氛圍：朋友圈子裡高談闊論，公開場合只唱贊歌。海翔和我都相信真理是愈辯愈明的。因此，任何涉及中國大陸政治敏感話題的事件或問題，我們都會討論是否能從中啟迪公眾的思考和行動。從諾貝爾和平獎劉曉波，到達賴的書評，從太子黨到薄熙來，我們從未逃避問題。反而十分享受觀眾的激烈反應。

海翔大概是灣區華文媒體人中最辛苦的一位了。能把經歷寫一本書，肯定叫好。希望他離開鏡頭一樣能引無數美女競折腰。

主持人最恨的人和事，我都做了。有一次，我在朋友的餐館喝酒，等待上節目。結果我在海翔如此嚴肅的時事評論節目中，竟然提朋友做起廣告。以至節目完了之後，編導和海翔都看上去想把我掐死。當然，我永遠也不會幹這樣的蠢事了。如果砸了海翔的飯碗，我怎麼向大家交代呀。借此機會道個歉吧。

我喜歡海翔的謙和，誠實和內心永遠堅定的善良。我們每天都有新起點，可以從頭躍。

各界名人·強力推薦

◎行政院長　賴清德

我於二〇一〇年八月應海外鄉親邀請到美國為五都選舉巡迴演講、造勢時，曾上《今夜有話要說》節目，主持人海翔先生對政治、社會議題的掌握和反應的敏捷，讓我印象深刻，本書更值得關心臺灣的鄉親一讀。

◎前立法委員／美國執業律師　邱彰

第一次和海翔見面以前，友人就告訴我海翔是灣區第一美男子，見面之後才知友人所言非虛。除了高顏值，海翔非常的有正義感、責任心、EQ超高，讓我十分佩服。

密宗黑教的林雲大師曾誇，灣區是美國風水最好的地方，臥虎藏龍，人才匯集，看完海翔的書，敢跟大家推薦，海翔就是灣區臥虎藏龍最佳的證據。

◎民視主持人／台大教授　彭文正

能夠掌握全球局勢、能夠兼顧軟硬議題、能夠穿梭各國文化、能夠遍及各界人脈，這樣的媒體人不多，海翔是個中翹楚！

◎知名電視節目主持人　李晶玉

做為談話節目主持人，海翔的成功，充分表現在處理時事的敏銳與處理人的謙和。海翔的剛與柔，海翔的快與慢，海翔的壯闊與細膩，帶著觀眾走進受訪者的經歷與智慧，相信讀者閱讀此書，會有一樣的收穫。

◎年代／壹電視主持人　蕭子新

在紛亂的變化中，有著條理的思緒；在渾沌的情勢中，回予明快的反應。每一次與海翔的交集，都是又一次的驚喜，因著海翔總是能從容地展現專業，令人自然地佩服、喜愛！

◎大愛台新聞主播　倪銘均

有這麼優質的主持人，真是灣區民眾的福氣。相信大家可以在海翔的訪問中收穫滿滿。

◎前灣區26號電視台國語新聞主播　廖培君

「做，就要做到最好。」這是我對海翔工作態度的觀察。用心做的節目，化成用心寫的書，推薦讀者用心來感受。

◎舊金山榮光聯誼會監事長　劉靖文

廣泛的搜索，深入的研究，適當的引入，全盤的掌控，瀟灑的儀態，忠誠的服務，這就是海翔。除了長得太帥，今夜我無話要說！

◎萬富理財集團總裁　Yvonne Yao

星島電臺著名節目主播海翔以「認真，踏實，誠信，親切」的敬業態度和主持風格，享譽北美舊金山灣區千家萬戶！

◎麥田國際文化總裁暨製作總監　洪巍

睿智、激情，如清水能淨而指心。書中所述，即是大時代下巨細反映，又是主持人的心路體現，點點滴滴，盡顯功力，值得一閱。

◎加州柏克萊大學天文學家　馬中珮

Despite the rolling cameras, bright lights, and a makeup artist standing by in the studio, talking with Jaron on his program felt like chatting with an inquisitive friend at a cafe.

For most of the 30 minutes, I had forgotten I was being recorded and would soon be broadcast to many viewers. Instead, Jaron put his guests at ease, and his well planned questions naturally drew out a story from me. My parents are both journalists and have trained many of them in Taiwan, so I grew up with an instinct for journalists. Now that I talk to them myself, I realize how a skilled host can make your life so much easier during an interview. It is like playing tennis with a vibrant partner rather than hitting the ball to a dead practice wall. I wish Jaron continued success with this valuable program.

◎美國卓越財富集團副總裁／美國國稅局註冊稅務師　Jenny Chang

海翔當之勤奮楷模，敬業樂群！業中翹楚，絕倫逸群！卓越幹練，出類拔萃！若想效仿，請在書中找尋其智慧&奧祕！

目次
Contents

Part 2 當代人物面對面 075

Part 1
熱點新聞話題

從馬尼拉人質事件談起

■撥出時間：二〇一〇年八月二十三日

為了節目，為了拼收視，我會不會也成為了魔鬼代言人？

——海翔

二〇一〇年八月二十三日，在素有綁架之都的菲律賓首都馬尼拉（註一）發生一起悲劇，遭到革職的前馬尼拉高級督察羅蘭多．門多薩（註二），持槍挾持香港康泰旅行社旅遊巴士的二十三名旅客，要求菲律賓政府讓他復職。整起事件持續將近十二個小時，最後綁匪羅蘭多在強大警力鎮壓下，被槍擊喪命結束了這起綁架事件；但八名人質無辜地死在羅蘭多的手中。整起血腥悲劇竟透過當地電視直播傳到觀眾眼前，無疑地，造成社會大眾的極度不安與驚駭！

註一 馬尼拉被稱之為「綁架之都」起因為，該國有錢人多集中在此，天天都有綁架事件發生，因此有綁架之都的稱號。

註二 羅蘭多．門多薩畢業於菲律賓大學犯罪學學士學位，一九八一年加入菲律賓馬尼拉警察分局，後升任菲律賓國家警察局高級督察。

而我，正是受到驚嚇者之一！在震驚之後，我不禁思考著，此次的人質事件是不是一場失職的警察加上一群瘋狂的記者，以及一個無能的政府所造成的悲劇？過度的直播是不是媒體道德上的失誤呢？有太多的問號在我心裡出現，我心想，觀眾一定也和我一樣，有一股不得不渲洩的情緒，我是否該把這個突發新聞帶到節目中來與觀眾做最即時的討論呢？

其實當晚的節目主題已經安排好，原本談的是「中國軍事威脅論」，來賓是時事觀察員楊俊龍先生，討論內容也都做好了溝通。但是，這起劫持人質突發事件，在我內心起了很大的掙扎：是不是該換主題，把最即時的訊息和社會反應呈現在觀眾面前？

但是，心裡又有另一個聲音：若換主題，我只有不到十小時的時間可以準備，必須敲定訪談來賓、編排內容、設定訪談題目以及尋找適合的新聞畫面等，都必須在這黃金十小時中獨立搞定，不僅於此，我還有許多除了節目以外的例行事務必需在這段時間內完成，時間真的是相當緊迫。

若不換主題一切照舊，讓我省去許多不確定性，做有把握的事，相信能夠過關。但是，另一個聲音又響起：做出高品質的突發事件新聞是對做節目的自我要求，若不做，我能夠對節目、對觀眾交代嗎？讓我非常猶豫，陷入天人交戰，不斷掙扎。

我最終決定接受挑戰，做出換主題的決定。《今夜有話要說》就要給觀眾最即時的新聞話題，也是一直以來的優先選擇。既然要做，就要最好。我們試著連線駐菲律賓當地記者，想法雖然很好，但節目所屬的26台本身並沒有駐菲律賓記者，這項艱鉅任務，透過副製作人吳啟光個人關係，我們聯絡到駐馬尼拉記者邱麗華，並進行越洋連線，把事件始末以最直接的方式帶給舊金山灣區的觀眾。

在整個事件當中，媒體以直播方式，把活生生的槍戰場面，甚至人質被射殺的種種過程，全都真實呈現在大眾面前，這種猶如好萊塢般的真實情節令大眾無法承受，極度驚駭中，不少人出現「創傷後遺症」的現象，這無異於對香港人民是又一次的無情傷害。

正因為電視直播的關係，綁匪能夠透過所挾持的遊覽車上的電視，完全得知警方的動態。就在他通過報導，得知胞弟格雷戈里奧・門多薩被警方拘捕之後，綁匪的情緒開始失控，情況越演越烈，八名旅客死在他的槍下，並有七人受傷。瘋了般的綁匪和菲律賓特種武器警察、戰術部隊以及特別行動隊爆發槍戰，綁匪最終被擊斃。

這樣的突發事件，邀請來賓的過程是分秒必爭，情緒極度緊繃，因為受訪者不必跟著我承受這麼大的壓力，他們絕對有說「不」的權利，每有這樣的狀況，我只有祈禱，盡人事，聽天命了。另一方面，我特別感謝楊俊龍先生的體諒，體諒我臨時更換主題，讓我無後顧之憂，全力以赴面對接踵而來的挑戰。

「人質事件」的訪談對象我的第一直覺是要有媒體背景或是警界相關，最為適合。腦海中立刻浮現的最佳人選就是舊金山州立大學傳播學系鍾振聲教授和舊金山縣警員王冠霽。我很謝謝他們，在那麼臨時的狀況下，他們極力配合，讓我能順利完成任務，而且從觀眾的反應中，這是一集十分精彩的節目。

觀眾踴躍地發表各自的看法。大部分的看法都認為菲國政府失職，拿中國國民的生命開玩笑；中國政府應該對菲國施加壓力等。兩位現場嘉賓也各自在專業上點評了對事件的看法。鍾振聲教授表示，媒體的報導應以同情同理心下，考慮人質的安全，畫面可以經過處理或延緩播出，不應該赤裸裸地呈現，這樣反而刺激綁匪。在如此特殊地情形下，政府有責任和權利下令媒體暫不做即時的報導，應該配合政府的救援動作。

王冠齋也指出，菲國警員的危機處理能力有待加強，如果不幸事件發生，冷靜一定是第一步驟。他分析，當警方與綁匪處於對峙狀態，人質如何保持冷靜，不激怒綁匪，與警方的步調配合，通常能將傷害降至最低。此外，無論身處何時，一旦聽到槍響時，第一個動作就是立刻趴下，確保自身安全。

我在節目的最後二十秒鐘，進行默哀，以示對受難者的哀悼。與此同時，我也在想，能在第一時間、第一現場記錄突發事件，是身為記者的職責也使命，也是新聞節目的本質，甚至是建立觀眾群和提升收視率的必須性，這都是我決定更換主題的原因。但，另一方面，我也在想，在人質未獲安全之前，就發佈新聞，甚至同步播出，運用一些極端的報導和操作方式，置人質安危於不顧，為的就是一味地拼收視率，這些「對」與「錯」卻是媒體圈裡永遠無解且爭議不斷的話題。

不可否認地，許多不幸事件起因於媒體過度報導，身為媒體人的我，是不是有更多的責任和義務盡一己之力來把關呢？或許我的想法太天真。但，失去這樣單純的想法，我會不會也成為了魔鬼代言人呢？當攝影棚的燈熄了，這問題仍在我腦裡揮之不去……一直到現在我仍在尋找一個真正的答案。

這起「人質事件」大家都期待能夠和平落幕，沒想到卻是悲劇收場；這個出乎意料的駭人結局，相信給了那些搶新聞的現場記者當頭棒喝！。

我一整天下來的緊張情緒也在做完節目後放鬆下來，但心裡覺得好累好累好……累。不過，這一切辛苦都是值得的，相信節目發揮了影響力，同時也反映在觀眾的口碑和收視率上，這集成為當年二〇一〇年收視最高的一集，讓我著實欣慰。

美麗的力量

——花博，來自臺灣的驕傲

■播出時間：二〇一一年一月三十一日、二月一日

花博的成功，是臺灣全體人民共同努力，一集節目的成功，也多虧了有眾多的支持和幫助。

——海翔

在臺灣主辦的國際花卉博覽會經過四年的籌備，展期一百七十一天，包括三十一個國家、五十九座城市、八十七個機構的共襄盛舉，它結合了文化、時尚、環保與科技，它讓台北甚至臺灣動了起來，增加了不少新鮮活力，不僅提升台北城市的美學概念，更讓全世界看見一股來自臺灣的美麗力量。雖說此次國際型博覽會爭議很多，但從花博的經驗中，民眾無論是在國際觀，甚至是對花卉的知識和美學的感受力都是無價的學習。

台北人對當年的花博一定不感到陌生。但對海外的僑民朋友來說，總是欠缺一份身歷其境的感受。因此，從花博開園後，我一直計劃在《今夜有話要說》節目中，好好介紹花博。但，又覺得主持人沒有親身體驗，實際走一

趟花博，怎麼敢在節目中談呢？若單以新聞畫面或花博宣傳片來做節目，好像又太敷衍觀眾了，也對不起花博的用心。若我能把親身體驗帶到觀眾面前，讓無法到臺灣體驗的朋友能有身歷其境的感受，豈不是更有意義？

正所謂事在人為，我決定到臺灣，把花博帶回舊金山。在此，我特別感謝舊金山灣區劉靖文大哥的熱心安排，引薦台北市公園處主任高道涵，讓我能在最短的時間內，幾乎逛完花博裡四大

花博園裡花海一片。

夢想館一景。

區（園山公園區、新生公園區、美術公園區和大佳河濱公園區，十四個展覽館，達91.8公頃）。想想看，一口氣要拼完所有的場館，是多麼不容易的事？若沒有充沛的體力和過人的意志力，看來是很難完成這個使命的。說到這兒，我都不得不佩服自己的本事和體力，還有那股執著的精神。不過，當天採訪完畢之後，雙腳早已不聽使喚，死撐活撐，真的是累到翻，收工後直奔腳底按摩，我竟然在五分鐘之內，在按摩椅上呼呼大睡，這段小插曲倒是沒有在節目中和觀眾分享。

值得一提的是，在台北市舉辦花博這樣的大型國際博覽會，最大的挑戰不外乎「用地」，台北的腹地不大，要找到一大片土地規劃為展覽地，十分不容易；曾考慮過的關渡平原，雖有足夠大的土地來籌建，但其交通的便利性又是一個問題，再加上經費有限，最後只有決定「就地取材」，重新改建；也就是說，花博在台北市內分成了園山公園區、新生公園區、美術公園區和大佳河濱公園區等四大區塊。雖然使得花博不是在一個單獨的區域展覽，但多區塊的規劃，反而像是讓整座花博融入在整個城市與人民的生活中，成為一個名符其實的花城；也是主辦單位將劣勢化為優勢的感人例子。

造型像朵花的便當盒，中西口味各有特色都好吃。

好不容易買到的花博便當。

現今的花博雖展期結束多年，但在財團法人台北市會展產業發展基金會的營運下，依舊是有聲有色。雖然當年花博的經費不高，僅是上海世博的二百分之一，但其帶來的經濟效益卻超過一百一十億新台幣，預估未來十年內很難再出其右了。來自臺灣的我，可以很自信地告訴大家：「花博，真的是來自臺灣的驕傲！」

看花、訪博，對我的另一驚喜是採訪當天正是花博參訪人數突破三百萬人次的一天。雖然我不是那第三百萬人，但興奮的心情感同身受，隨之而來，喜悅全寫在臉上。在此，我更要特別感謝當天充當我攝影助理，時任公共電視兒少組的製作人白美洪，人稱「白娘娘」的她陪我走完一整天。雖然中途她累到差點想放棄，儘管我是連哄帶騙地讓她走完全程。幸好有她在，給了我許多拍攝上專業的建議，讓我可以在極短的時間和最簡陋的攝影設備下，拍攝得更順利，也提高了畫面的可看

整座花博融入在整座城市與人民生活中。

度。在眾多的支持和幫助下，我順利達成這次任務。

採訪結束返美後，我邀請旅遊達人陳治平來到節目中，他以旅遊專業角度來介紹花博，我則以一位花博遊客來分享心得。由於花博的內容實在太豐富，決定以上、下兩集來呈現。上集的節目著重在花博的整體介紹以及和世博的比較，並介紹花博主角夢想館。下集的節目中，除了其他場館介紹外，也兼談花博的貼心服務以及觀眾必看花博的理由。

除了和治平兄以多次電話溝通外，我們也見面討論該使用那些道具和資料，希望把花博最好的一面帶到觀眾面前。此次的合作非常愉快，我們分工、互補，期許把自己對花博最有FU的部分帶給大家。

讀者或觀眾一定十分好奇，我個人對花博最深的印象是什麼？除了夢想館之外，就是花博便當和鄧麗君名人館。可不是因為我愛吃才愛花博便當，而是它的包裝別出心裁，在設計上非常用心，例如陶瓷便當，就是使用來自鶯歌的陶瓷做為容器，它的熱銷讓讓原本就知名的鶯歌陶瓷業又再熱鬧了一番。而且對消費者來說，還具有收藏價值，不用到鶯歌就可以將鶯歌的特色產品帶回家。

名人館則是以日式建築，三棟房舍相合而成，具有八十多年的歷史。在納入花博展覽館之前，它是圓山遺址的展示室以及兒童育樂中心辦公室。經過一磚一瓦，大費周章地整修之後，讓它風華再現，登上了國際舞台。在展館裡，展出鄧麗君的真品文物，其中，花語廳採用全球第一次呈現的多媒體和多點觸控科技互動技術，只要用手指輕輕觸碰鏡面，高科技就會呈現鄧麗君輝煌的歌藝經歷以及聽到她優美的歌聲，突破靜態展覽館的格局，讓這位擁有「十億掌聲」的一代歌后的故事讓人更加懷念了起來。做為一名參觀者，讓我深深體會到成功者背後付出的努力，和其遇到的困難和委屈，不是一般人可以想像的。鄧麗君成功是有其道理的。

「花博，來自臺灣的驕傲」上、下兩集節目的籌備功夫大概僅次於專訪達賴喇嘛。希望看過節目的朋友們都可以透過海翔的用心及熱忱感受到這一片花博奇蹟。

擊斃賓拉登

■撥出時間：二〇一一年五月二日、三日

遇到突發新聞，要逼著自己在最快時間內冷靜下來，一一解決問題；沉著、冷靜，有助於危機處理。

——海翔

二〇一一年五月的第一天，這晚，原本十分平靜，我輕鬆悠閒地和家人吃晚餐，很是難得，若非休假，這種機會不太可能發生，各位也許很難想像，但在我主持《今夜有話要說》的這段期間，我的晚餐大部分是在飯盒陪伴中渡過。「好好吃一頓晚飯」對我而言，是多大的奢侈幸福啊！

我剛放了長假從臺灣回來，這是上班前的一天，也是週日。隔天要回到工作崗位，我儘量把工作上的事都在前一天準備就緒，也把上班的心情調整好，這樣就不會一下子無法進入狀況了，所以，星期一節目的主題和嘉賓也早早做好安排，原計畫是談臺灣時任總統馬英九和當年第一次角逐總統大位未成的民進黨主席蔡英文的「雙英大選，戰略布局」。

不過，我可深深領會到「計劃永遠趕不上變化」這句話的意思，一件突發事故澈底改變了我的如意算盤。

這一刻的來臨，對世界上多數的人來說，是一個興奮的時刻，也是正義的來臨。當時的美國總統奧巴馬就在我享受最後假期的同時，向全世界宣布，擊斃恐怖分子頭目賓拉登的消息。起初，我還半信半疑，因為賓拉登有六次被傳言「賜死」的記錄，讓我不得不有所遲疑，直到接到26台的工作夥伴家瑜的電話以及副製作人吳啟光和新聞部確認消息無誤之後。頓時，一股巨大壓力排山倒海撲了過來，我突然有一種跌入萬丈深淵之感。我的胃開始一陣翻騰，下巴差點掉下來，天啊！是真的啊！這可是一件天大的新聞，而且一定是全世界各大媒體的頭條新聞。剎時間，我不知該從那個方向來思考，甚至覺得這個大新聞來得真不是時候，那一天不宣佈，那一天不擊斃，偏偏就選在今天，選在我收假前的最後一刻？我真的是千頭萬緒。

待我平靜了幾分鐘之後，我決定立刻更換主題，一定要談「賓拉登之死」。可以想見，一頓好好的晚餐就在緊張中草草結束，坦白說，我一點胃口也沒有了，假期當然也提前結束，立刻回到工作崗位。

一陣兵慌馬亂，我試著鎮定，讓腦子清醒些。當時，最令我苦惱的兩大問題：一是找訪談來賓；二是觀眾在看了一天的相關新聞之後，我在晚間十一點的節目中必須掌握那些重點和方向，不僅不能漏掉最新消息，還要能提供觀眾分析性的觀點。

但是，都已這麼晚了，我要上那兒找來賓啊？有沒有最新消息是我漏掉？題目和內容的方向該如何確定？還有，原本的來賓該怎麼辦？一時之間有好多事情要同時進行，我帶著緊張、焦慮，甚至是無助感不停地和時間賽跑，有時，還會出現呼吸困難的現象。坦白說，我一點都不喜歡那種感覺，I hate it！但沒辦法，回到現實面，我必須逼著自己在最快時間內冷靜下來，一一解決問題。

邀請來賓總是讓我傷透腦筋，在短短幾個小時之內，要請到能夠談這個複雜題目，而且又願意上節目的嘉賓，真的是難上加難。想到這些難題，心情不斷地往下沉。在極度時間壓力下，邀請訪談對象就像是場賭注，一通電話裡要賭來賓能不能上節目，賭來賓能不能在短時間的準備中，談出高品質的內容，這樣的過程十分不好受。我不斷地自問為何要如此自我虐待，讓自己總是處在「高壓」環境下，是考驗自己的心臟強度，還是嫌自己白髮不夠多，頭不夠禿，腦細胞死得不夠快呢？內心的焦急不言而喻，幸好當天在萬般艱難中，上天給我了一點好運，就像買樂透一樣，第一通電話就讓我接通了柏克萊加大政治研究所博士候選人楊俊龍，讓我在頓時間鬆了一口氣，謝謝他願意在如此匆促的時間下，答應上節目。

週一，擊斃賓拉登的新聞果然佔據各大媒體，一開始人們紛紛猜測消息的正確性，接下來所討論的問題就是：各國會不會遭到報復行動？美國未來的新中東政策又是什麼？《今夜有話要說》之「擊斃賓拉登」一連討論兩集，第二集除了楊俊龍之外，還邀請了曾在伊拉克服役過，並對中東局勢相當稔熟的前桑尼維爾市市長李洲曉加入討論，話題從事發到事後兩天的完整報導和深層分析，以及接下來美國的新中東政策對中東和世界局勢影響等，都在節目中做了熱烈討論。雖然那兩天，民眾已吸收了媒體鋪天蓋地的報導，但是，我相信，兩位訪談來賓提供了很多好的觀點，這個平台也提供了觀眾一個可以發聲的機會。

終於，這次的熱點話題又創造了一次高收視率。節目做完之後，我坐在主持檯上，細細回想那時的高壓力，我內心深處有著一股身為新聞人處理突發新聞的興奮之感，促使我不停地往前！突發新聞的危機處理，對我的人生也有了一些改變，學會了沉著與冷靜，也領會到了新聞媒體人，為何總是自我虐待，總是讓自己處在「高壓」環境下工作。啊～謝天謝地、謝觀眾，想起星期天那晚所承受的緊張和壓力，總算見到回報，也讓我相信，我對突發新聞的處理態度得到觀眾的迴響與認同，這何嘗不是做新聞訪談節目的一大成就與樂事兒呢！

開放話題

——主持人的震撼教育

■撥出時間：二〇一一年五月十九日

沒有接受過震撼教育的主持人無法引導觀眾看到更寬闊的視野，也無法帶給他們不同的生活體驗。

——海翔

《今夜有話要說》在我接手前，已有七年的歷史，歷經三代的主持人努力耕耘，成果豐厚。史東大哥打頭陣，開創了舊金山灣區第一個與觀眾即時互動的開放式華人訪談性節目，其間也經過了兩位美女主持人，施正曦及祝笙；三位都辛勞地堅守在這個工作崗位上，目的就是要服務灣區的華人朋友。三位主持人的成功也讓我在接手前倍增壓力，總希望能在蕭規曹隨的格局中，仍能給觀眾朋友一番新視野，有所突破，但坦白說，說得容易，還真的不容易做到。

「開放話題」大概只有舊金山灣區獨有，別得地方看不到這樣的節目。這個點子源起於史東大哥當時所主持的《話越地平線》（《今夜有話要說》

的前身）。這個單元相當受歡迎，每每可見觀眾在節目中熱烈討論，欲罷不能，在灣區造成不小的轟動。「開放話題」是什麼？又為什麼那麼受歡迎？所謂「開放」就是讓主持人不設任何討論題目，讓觀眾自由Call-in，談他（她）心中所想，有時是對時下的政經大事提出看法，有時是表達心中的不滿與質疑，有時是極具深度的意見，有時是流於謾罵或人身攻擊，形形色色，因為有其不可預測性，更提高了觀眾的興趣；但也正因如此，它正是考驗主持人對時事話題的熟悉度與臨場反應的試鍊場。

由於「開放話題」充滿了魅力和威力，接班主持人，最起碼是我，總覺得一直活在這個單元的陰影下，揮之不去。其實，每位主持人各自有拿手的話題和風格，但，老實說，我最初接手《今夜有話要說》時，我自己都懷疑該節目是否屬於我的主持風格，甚至不覺得自己已準備好坐上這個位置，心思仍有待調適之時。不料，沒幾天，就有觀眾反應，希望可以推出「開放話題」的單元，讓全民動起來，暢所欲言，達到《今夜有話要說》的精神！但是，在那個時候，我仍然沒有信心和勇氣，立即滿足觀眾的需求，接受開放話題的挑戰。

二〇一一年，也是我接手節目的第二年，26台節目部節目總監硬是要我做一集「開放話題」，希望能將收視率衝上另一高峰。為了說服我，總監還說了個「爸爸教兒子游泳，硬把兒子推下水，兒子終究學會」的例子，非把我推下水不可。在半鼓勵、半施壓以及民意為上的種種壓力下，我終於在五月十九日推出了睽違已久的「開放話題」。

至於我為何如此掙扎，遲遲不肯嘗試「開放話題」呢？說實在的，也只有在書中才敢告訴大家。除了覺得自己不合適之外，總覺得自己當年的主持功力還不到那個境界，和幾位前輩相比還是差了一些。要掌握「開放話題」，主持人必須有足夠的學識和內涵，針對不同主題還要言之有理，靠的是多年的積累和培養，所謂內功要深厚，就是這道理。此外，這單元的準備功夫更要充足，往往需要一個星期的時間，說穿了，它根本無從準備起，但不準備又感心虛，怕會漏餡兒，更不用說品質保證了。

當日節目話匣子打開，大多集中在兩岸關係的問題上，主要是承接當週星期一，「從世衛組織矮化臺灣看總統大選」的主題延續而來的，每每只要觸及到兩岸問題，討論的氣氛總是相當熱烈，場面相當火爆。我對這種火爆

看得出正式開始前的緊張感嗎？

的場面，可說是又愛又恨，一方面希望觀眾可以充分發表自身的看法，甚至在理性下「吵起來」，達到節目效果，這是一種唯恐天下不亂的心態，另一方面又擔心場面失控，一發不可收拾，自己沒本事善後，另外還要擔心，如果沒人打電話進來又該如何讓節目不會冷場，這些都是挑戰。

據側面消息得知，當天在節目中，我緊張到臉上頻頻出油，滿臉油光，不知觀看節目的您看出我的緊張嗎？一下節目，才大大鬆了口氣，這一放鬆，全身肌肉竟然開始痛起來⁈可見我那三十分鐘有多緊繃，發條栓得有多緊。

總之，「開放話題」，有它好玩的地方，更有它具挑戰的一面。這樣的一個單元，有許多不可預測與掌握的地方。在中國的節目中是不太可能呈現出來，即使在臺灣，節目操作上也會有許多難度。倒是在舊金山灣區節目中，它成為了一個特色。在我想法裡，一個好的主持人要能引導觀眾看到更寬廣視野，帶給觀眾新的體驗。主持人想要時時進步，就必須時時接受新的挑戰和刺激；主持人進步，才可能帶給觀眾不同的節目面貌以及不同的生活體驗。

經過那次「開放話題」的震撼教育之後，「開放話題」反而成為我最愛的單元之一，雖不能說自己已身經百戰，或經驗有多豐富；但相信本人的「功力」的確因此增進了不少！

篇外篇
——當酒會遇到蘋果

■酒會日期：二〇一一年十月五日

當我必須做決定時，擇我所能，全力以赴，專注於一，不貪心。

——海翔

中華民國建國一百週年國慶酒會和蘋果之父賈伯斯病逝兩件事怎麼會同時湊在我這篇文章中呢？這兩起事件顯然沒有相關，但卻在我身上產生了緊密的連結，讓我心緒大亂，陷入天人交戰；到底酒會是如何遇上蘋果？且聽我道來。

先談談國慶酒會，這本不屬於《今夜有話要說》這本書的內容，但，我有榮幸主持國家百歲慶典，相信和這個節目的加持脫離不了關係，所以我把此篇定名為「篇外篇」。此外，把主持慶典的故事納入書中，也是為自己留點紀念，也與讀者分享這份榮耀。

回溯到民國九十九年（西元二〇一〇年）的國慶酒會上，籌辦次年建國百年大慶的籌辦人、舊金山經濟文化辦事處洪中明組長向我透露，他有意找我主持中華民國建國一百週年國慶酒會。當時，我雖然很高興自己被列入考慮人選之中，但，我懷疑這也可能只是應酬話，並未放在心上。

在接續的一年中，洪組長幾次和我提起擔任百年國慶酒會主持的事兒，我才漸漸意識到，該認真思考了。另一方面，組長也提到，也有人想爭取這個主持棒，要如何擺平安撫這些朋友，讓大家心服且都開心，對他來說，確實不容易。我個人對主持與否倒是看得蠻開的，想想，舊金山灣區人才濟濟，大家都有心為國家盡點心力，當然是件好事；再者，以我的資歷和輩分，就算不主持，能應邀出席百年國慶典禮已很開心了。所以，我也一再和洪組

彩排，與主持搭擋魏德珍校長合影。

長表示，不讓他為難，應以其他人為優先考量。直到酒會前不到一個月的時間，我才正式接到通知：舊金山經濟文化辦事處（簡稱：經文處）要我正式接下這百年慶典的主持重擔。WOW！一輩子就這麼一次，除了感到驕傲、榮幸之外，我更多了一份激動之情。

酒會前一天，我才到經文處開會，並正式和主持搭檔，魏德珍校長見面。坦白說，這個會議是晚了些，內容和流程已大致底定，幾乎沒有改動的空間。我心想，若能提早開會，或許可以集思廣益，也可增加和主持搭檔的默契。不過，話又說回來，我相信主辦單位一定忙得不可開交，而且後來，晚會的成果頗令大多數與會者感到滿意。我特別謝謝魏校長的指導，這是她第二次主持國慶晚會，可說經驗豐富喔！

當天的氣氛是緊張又忙錄的，我一進入會場，眼見所有工作人員都處於「備戰」狀態，我也相當緊張。我覺得主持國慶晚會最大的挑戰就是既要莊嚴，又要幽默詼諧，避免八股，尺度上的確不好拿捏。另一重要任務是「管秩序」，但又不能像糾察隊一樣管得太明顯。相信各位也都知道，華人聚會往往都非常熱鬧，台上來賓致詞，台下賓客也聊得不亦樂乎，渾然忘我。但，我以為，國慶酒會是國家級的正式宴會，許多來自各個地區和國家的貴賓，國際禮儀是絕不能忽視的。基於這一點，我在主持時，時時提醒大家要做最好的賓客，後來得知，晚會秩序比前幾年好些，也謝謝大家和我一塊做了好的國民外交。

說到此，也差不多該把蘋果之父賈伯斯病逝的消息提出來了。酒會當晚六點多，正在做最後一次也是唯一的彩排時，收到一通電話，電視台工作人員通知我，賈伯斯病逝了！這可是一條天大的消息啊。欸！只能說，人算永遠不如天算，雖說，患胰臟癌多年，他撒手人間是預期中的事，遲早會發生的事，但，消息一出，仍是震驚全世界，更震碎了許多蘋果迷的心。按照常理，當晚的節目絕對不能放棄談賈伯斯病逝的重大話題，而且我相信一定會做出很有時效而且引起共鳴的內容。

我立刻陷入天人交戰中！

我卡在會場，典禮即將開始，哪裡都去不得，晚會能不能準時結束也是未知，還有來賓臨時上哪找？願不願意這麼臨時接受訪談？我能不能準時出現在節目現場？加上我本身的狀況並不好，為了主持工作已緊繃了一天，沒有吃任何東西，不久前的車禍也讓我元氣大傷，我能不能撐下去？自己都打了好幾個大問號。

不同於前述的〈菲律賓人質事件〉與〈賓拉登被擊斃〉兩篇故事，這次我選擇放手，決定讓一切按計劃進行，盡人事聽天命。我明白，在這種情形下，我實在無法將兩件事情同時做好，我選擇盡全力將眼前的主持工作做好，將現場氣氛帶好，而賈伯斯病逝只能留待隔天討論了。

說實在的，在做節目的立場上，不知該說我運氣好還是不好？主持《今夜有話要說》的這段期間，遇上了菲律賓人質事件、賓拉登被擊斃、聖布諾氣爆事件（註一）等突發新聞，比例上似乎比前幾任的主持人來得多，好似在考驗我的應變力和心臟的抗壓力。若說運氣好，就是有做大新聞的挑戰，這是媒體人都該感到興奮的。

註一 二〇一〇年九月，舊金山以南的聖布諾鎮，發生天然瓦斯管線氣爆意外，造成至少六人死亡，三十八人受傷，五十間以上的民宅被焚毀。

主持百年國慶是我的榮耀，一輩子難忘。

賈伯斯病逝和國慶酒會相碰在同一天，我覺得，是在大大地考驗我該如何學會「抉擇」與「放下」，專注地把眼前的事情做好，不能貪心，否則兩邊都做不好。酒會結束之後，賓主盡歡，我深深地相信，我做了一個明智的決定！

Part 2
當代人物面對面

隨心所欲做自己

——白靈

■撥出時間：二〇〇九年四月三十日

演戲對我來說一點也不難，猶如上天給我的禮物，這就是天分！

——白靈

白靈

學歷：以交流學生身分在紐約大學攻讀電影。

經歷：以電影《紅色角落》（註一）獲得美國National Board Of Reviews的突出表現獎，並參與多部好萊塢電影演出，包括安娜與國王、飆風戰警等。二〇〇四年以電影《三更2：餃子》，媚姨一角獲金馬獎最佳女配角獎。

現職：專業演員。

註一 《紅色角落》（*Red Corner*）1997年製作的好萊塢電影。主演李察・基爾和白靈。該片因揭示了中國政府和高層人員的腐敗，所以在中國大陸禁播。

採訪白靈是二〇〇九年四月份的事，那時是和鄭家瑜攜手搭檔主持《今夜有話要說——週五放輕鬆》（註二）。寫這篇文章也讓我「回味」在「週五放輕鬆」時自己的模樣。其實，那時的造型真把自己嚇壞了！我不計形象地搞笑，主持風格年輕化，加上服裝、髮型極誇張之能事，甚至有些觀眾覺得我造型有點過了頭，與後來挑大樑主持週一到週四的時事政論的西裝筆挺，穩重書生形象的「海翔版」ＯＭＧ！真是判若兩人。這兩個階段的我，連自己都不相信差異如此之大，早期的裝扮我現在都看不順眼，我想一定也「嚇壞」了不少觀眾。

不過，這也說明了我轉型的成功，原來海翔是可以亦莊亦諧，配合節目的需要，這大概是媒體人必須具備的彈性吧！坦白說，這兩種不同風格的主持方式，一是拉主Key，二是當綠葉；各有所難，都是挑戰。我又是什麼感受呢？說實在的，我很享受這樣的角色扮演，哈！像是在演戲。這種轉變的過程讓我成長不少，更是一種磨練！日後，我也以此常建議新進的同業人

註二 〈今夜有話要說〉週一至週四為時事政論型態節目，週五為輕鬆娛樂型態，故另取〈今夜有話要說——週五放輕鬆〉為名以便區隔。鄭家瑜為主要主持人。

員，在自己的主持工作崗位上將不同角色扮演好。

現在說說白靈，這位好萊塢國際明星是頗具爭議的，從她的穿著到言談，甚至是她的演藝作品總是話題不斷。我計畫要訪問她時，還擔心她的談話尺度太大，個性太古怪，讓我無法掌握。但，見到她時，我知道自己是多慮了。她是一位渾身上下充滿藝術氣息的藝人，並能完全配合節目調性與節奏，收放自如。

白靈說，自己小時候是個自閉害羞，但是內心世界很豐富的人。她覺得演戲是上天給她的禮物，雖不是科班出身，但表演對她來說，一點也不困難，「這是一種天分。」她說，很珍惜這項天分，也讓她樂於分享自己的演技。在二〇〇九年的專訪時，白靈覺得，到那時為止，除了電影《紅色角落》裡的女律師角色之外，她並沒有碰到真正讓她展現演技才華、具有挑戰性的角色。言談中，她非常期待一個能讓她真正發揮演技的機會，她對演戲充滿著完全的自信與熱愛。

我對白靈印象最深的不是她替花花公子拍寫真集，而是她在描述自己的心境時說，在她的內心世界裡，一直住著八個不同的小精靈。這八位精靈不是形容詞，而是活生生地在她內心中，有夢幻精靈、性感精靈、暴力精靈、智慧精靈、瘋狂精靈等。小精靈在她內心為她服務，當真實生活中需要那位精靈幫忙時，那位精靈就會很自然地出現，來幫助她面對當時所身處的環境或問題。

白靈在節目裡分享她心中的八個精靈，在我聽來，覺得她好像是某種程度的「人格分裂」，但她卻像是在與朋友相處般，和精靈們和平共處。不過，想一想，許多藝人不也多多少少和她一樣帶著多重性格嗎？多重性格大概就是好演員的某種特質吧，要能詮釋各種各樣的角色，這似乎也印證了她所說，演戲是上天給予她的天分，雖沒有學過演戲，她可以收放自如地將角色演得好，這是天生的本事。

白靈是我採訪過的藝人中，性格非常鮮明的一位，她比藝人還「異人」。她不在乎別人的眼光，只求精彩做自己。而她的敬業態度也展現在工作中，好比，拍戲中，常有許多驚險鏡頭，她堅持不用替身，她認為，這就是做藝人必須承擔的風險，她自我要求，要親身上陣，融入每個角色中，這才演得精彩、精準。在訪談過程中，我發現，她十分崇尚自然，這也包括她為「花花公子」拍攝裸體寫真時，她強調人體就是一種自然美，當然，按照白靈的說法，拍裸體寫真是她心中某一個精靈的主意！

白靈是她的本名，電影《紅色角落》裡飾演的律師，是她目前最喜歡的角色演出，因為這個角色展現了自信、驕傲和堅定的亞洲女性。不拍戲時，她創作；在生活上，她自由自在做自己，她也是和平主義的推崇者，這些形而上的心靈生活都十分巧妙地融合在她的生活中。也別忘了，白靈還有八位身穿小短裙，不同性格的小精靈在她的內心世界裡共融共存，造就了現在的白靈。

結束這個十分特殊的專訪後，內心十分佩服白靈。因為直到現在，我都還無法隨心所欲做自己，「精彩做自己」這也是我當下最想做的一件事。回顧過去，再看看現在，自己在這媒體圈時常更換不同角色，不同時期的我，不同角色的我，在我內心深處是不是也有多位小精靈呢？

渾身充滿自信美的白靈。鮮紅配鮮橘，龐克男 vs. 冶豔女。

平易近人的國際級大導演

——李安

■播出時間：二〇〇九年八月二十七日

在電影裡，最想帶給觀眾的是啟發，而不是電影的結局。

——李安

李安

學歷：美國紐約大學電影製作研究所碩士。

經歷：一九九三年作品《喜宴》引起國際注目。

一九九九年拍攝作品《臥虎藏龍》獲奧斯卡最佳外語片。

二〇〇六年與二〇一三年分別憑《斷背山》和《少年PI的奇幻漂流》榮獲第七十八居以及第八十五居奧斯卡「最佳導演獎」，是亞洲第一位，也是目前唯一兩次獲得該獎項的亞洲導演。

現職：導演。

值得珍藏，與李安合影。

專訪到國際級大導演李安，我的興奮心情是難以形容的，但另一方面，我又十分的不安，因為那次是我第一次獨自外景，專訪不是在電視台裡的攝影棚，所有的攝影器材以及攝影師等都是由電影公司安排。陌生的環境，陌生的人，讓我更加地忐忑不安。我只能不斷地對自己信心喊話：一切盡力而為，做最好的準備。有趣的是，當我一見到大導演時，他天生的親切感與樸實讓我原本緊張情緒，一下子輕鬆了起來，他讓我明白什麼叫做真正的大人物。

那是二〇〇九年，當時，李安是為了宣傳他的新作《胡士托風波》（*Taking Woodstock*），而至舊金山接受媒體馬拉松式的採訪。電影公司安排一整天的媒體採訪，包括記者會以及專訪。在中場短短的五分鐘休息時間，突然我眼前出現了這位大導演，天呀，這是我生平第一次與李安大導面對面，近距離見到他，我頓時不知該如何反應，那時，我被安排專訪他的時間還沒有到，卻提前見到李安的興奮心情已讓我記不清楚，他是對我說了一句「謝謝」？「歡迎」？還是「辛苦了」？他自然流露的一句話和一個誠懇的微笑，那種平實和親切已澈底令我折服。

當天，我被安排在倒數第二場，對我而言，這不是最好的時段，我一直擔心，李安一整天下來，已回答了媒體不少類似的問題，此時該是相當疲憊，甚至不耐了吧？何況，在我之後，還有一個媒體專訪，我很擔心時間會被壓縮。結果是我多慮了，導演對於我所有的提問回答得相當用心和仔細，好像他面對的問題都是他第一次被問到的問題一樣。對我們採訪者來說，不僅榮幸而且有深受尊重之感。我也感受到，李安回答問題的態度似乎正反映了他拍攝電影的手法，予人一種細膩與精緻的印象，採訪他，真的是一種很大的享受。

李安的電影《胡士托風波》是以六、七〇年代胡士托音樂藝術節為背景，他在專訪時說，他受當時流行文化的影響，被那時的無私、愛、分享和崇尚自然深受感動，再加上，他已一連拍了六部悲劇，而且「一部比一部還悲。」在《色戒》之後，他有些懷念喜劇風格的內容，所以決定拍這部純真年代的代表作《胡士托風波》。不過，他也說，人過了中年，要拍輕鬆的題材並不容易，尤其經過六部悲劇的洗禮，的確需要一些時間的磨合，才逐漸感受到自己心情上的轉變。

當我問到為何李安導演並沒有參與過「胡士托」這個年代背景，卻能拍得如此深刻？他回答得十分妙，「這就好像導演要拍吸毒的片子，但導演不必真的要吸過毒；我不是同性戀，但我能拍同性戀的片子一樣。」無疑地，李安是位對事物特別有感受力及觀察力的導演，再加上他的認真和研究精神，他的導戲功力展露無遺，令人十分佩服。

我在專訪中的最後一個問題，其實是我的即興演出，或許在心情上，也輕鬆了些，我大膽請教了李安，為什麼許多人看了他的作品，都會有一種像「中毒」的感覺？而且他的每部片都能讓人沉思沉澱，《臥虎藏龍》、《斷背山》和《色戒》等都是如此。李安彷若也帶著「無辜」地神情回答

第一次見到李安導演，看得出我的緊張嗎？

說，其實他也不知道原因，往往，他在選材的過程中，會產生很多的情愫、聯想，並刺激他思考，在不知不覺中，一層一層地加入在電影裡。他強調，他最想帶給觀眾的是啟發，而不是電影的結局，「這大概也是讓大家『中毒』的主要原因吧！」李安導演莞薾一笑。

幾年之後，我對李安導演的作品有更進一步的理解與想法。從他最新的作品《比利・林恩的中場戰事》中，你可以看到李安大膽使用了電影史上最高幀速率，每秒一百二十幀的格式拍攝。這樣手法，不但是最新也是最大膽。全球竟沒有幾家影院的播放規格符合這樣的播放條件。在電影裡，他大膽嘗試與創新，不僅帶給觀眾的是啟發，更是帶給整個電影產業另一個新的想法與方向。李安導演的電影，永遠給的不是一個結局而是一個新的起點。

美麗主播
——李晶玉

■撥出時間：二〇一〇年九月十四日

職場生涯中，生活的優先順序擺得清楚，很多機會自然就會來到面前。

——李晶玉

李晶玉

學歷：美國舊金山州立大學傳播研究所碩士。

經歷：美國加州舊金山太平洋電視台新聞主播，TVBS記者新聞主播製作人，三立新聞台壹電視新聞主播，訪談節目《真情部落格》主持人。

現職：民視新聞台《政經看民視》主持人。

「新聞人應該站在自己最關心的地方，做自己最想做的事情。」一件外套、一條項鍊、一場匆促的試鏡，李晶玉展開了主播人生。

李晶玉、彭文正夫婦，兩位都是新聞界前輩。

李晶玉曾是舊金山灣區知名的新聞主播，決定回臺灣發展的那幾年，正逢前總統李登輝提出兩國論，臺灣受中國飛彈威脅，九七香港的回歸等，正值多事之秋，她覺得，新聞人應該站在自己最關心的地方，做自己想做的事情，她希望自己能做一名特派員，親身經歷這些一生難逢的新聞事件，用這樣的方式關心自己的家鄉臺灣。但，或許與「主播台」有著很深的緣份，她沒能做特派員，而成為臺灣主播台上的新面孔，當時觀眾對她的最深印象該是模仿另一位知名主播張雅琴。這也讓她很快地有了知名度。

而有著「拼命三娘」稱號的李晶玉主持《真情部落格》的成功，讓她一度想辭去新聞主播的工作，希望能專心做《真情》，這是個寫實性強的節目，從真實的故事出發，訪談中，能看到耀眼名人走過的低谷和挫敗的一面，也能看到遭逢災難的市井小民如何克服人生最大的傷痛。她很希望能藉著這個節目，讓生命更美好，讓人們感受到愛，並能珍惜當下所擁有的幸福，同時還能幫助許多需要幫助的人，積極面對生命中的每一天。

主持《真情部落格》影響李晶玉很深，讓她更加看清楚身為新聞人的使命。曾因為媒體亂象，她一度想要離開熱愛的新聞工作。但，她卻跌破了新聞界的眼鏡，加入爭議極大的新聞集團——壹傳媒。她的理由很簡單——「就是做自己」。她曾反思，如果她所採訪出來的新聞，對人類並沒有幫助，那意義到底在哪？李晶玉覺得，新聞真相總要有被公諸於世的時候，她願意盡一己之力來改變現在的媒體環境和社會。

同時，李晶玉認為，媒體的好壞不應該單純地只從它呈現新聞的方式來評斷，臺灣的媒體有哪一個真正中立敢言？既然有個新媒體能做到敢言且中立，而所呈現的訊息也經過電視台層層把關，有憑有據，嚴謹播出，因此，她選擇了讓新聞自由，讓自己自由的新聞集團做為她重新在新聞事業上出發的起點。

這位拼命三娘在自己職場生涯中學到如何安排生活中的優先順序，她說把順位擺得清楚，很多機會自然就會來到面前。另外，我也很大膽地問她對主播之間相互鬥爭的處理方式，她給了我很具有智慧的答案，她說，當別人拿起劍攻擊時，你拿起刀防衛，一來一往之前，彼此已經在作戰了。她總會換個角度，做最好的處理，那就是「棄械」，一旦收起防衛武器，才有時間和機會檢視自己在這個崗位上，努力了多少，進步了多少，那才是是最重要的，也才會讓自己活得輕鬆與開心。

相信不少網友曾見過李晶玉在一次播報新聞時，吃盡螺絲、語無倫次的鏡頭，甚至令人難以相信這是出自專業主播的演出。不瞞各位說，在我採訪她之前，也曾看過這段畫面，老實說，我覺得實在是太離譜了，但，當知道事情的原委真相時，讓我不得不佩服這位主播的敬業精神和她偉大的母愛。原來，當時懷孕的她有妊娠低血壓，那天坐上主播台後，已是處於缺氧狀態，隨時有昏倒的可能，當天幕後的工作人員大多都是單身，對孕婦的狀況不太清楚，錯估了嚴重性，所以希望她能將新聞的稿頭唸完，再進廣告，然後更換代班主播。但當時正確的處理方式應該是立即進廣告趕緊換人，最終她堅持到最後將新聞稿頭唸完，讓導播有時間進廣告，才趕緊下主播台，換上代班人。下了主播台，她腦海裡只擔心著肚裡的寶寶是否安全，完全沒有想到自己；她完成了主播的任務，也確保了寶寶的健康，母子平安。

後來，網路有一陣子盛傳李晶玉這段吃螺絲的畫面，我再看到網友之間在傳閱時，我都會忍不住挺身制止，並且適當的在網上留言，告訴網友們很多事情並不是我們眼前所見就是真相，真相有時候是藏在背後，當你不明白或沒有親眼所見時，千萬不要妄下定論，隨意評論甚至流傳，以免傷害他人，也傷害自己。

與李晶玉談話，她的正向能量不斷地感染著我。採訪「同行」，我總是相當緊張，說穿了，就是怕自曝其短，尤其李晶玉又是我們的舊金山灣區之光而且是前輩，我們有著同樣的留學背景，都進入新聞媒體，她是一位成功的典範，也是我學習的對象。我也特別謝謝晶玉，在我回臺灣時，她和先生也是新聞界先進彭文正（註一），熱情招待我到當時剛開幕不久的寒舍艾美酒店享用自助午餐，我們三人聊得非常開心，尤其是我在兩位前輩對職場上和

註一　臺灣資深媒體及新聞工作者，前壹電視新聞台時事政論節目《正晶限時批》主持人，現任民視新聞台《政經看民視》主持人。

人生道路上的指點，獲益良多，覺得自己好有福氣。日後，每年回臺灣都會找機會與他們夫婦倆小聚，聽聽他們對臺灣政壇的看法與新聞圈的轉變。每一次的見面聚餐，對我來說都是一次身心靈的滿足。至於這段故事的詳細內容，有機會日後再和大家分享。

對我來說，每一次的專訪都是深刻的學習和人生體驗，主持人花不到一小時的採訪時間，換來受訪者好幾年的人生經歷，實在值得！很幸運能採訪到這位睽違已久的舊金山灣區前主播——內外兼修的美麗主播李晶玉。

「超級丹」
——林丹登場

■撥出時間：二〇一〇年九月二十三日

真正成功的運動家不該是靠體力，而是在戰場上不斷淬鍊而來的經驗和一種成熟度。

——林丹

林丹

經歷：羽毛球歷史上唯一一位五度奪得世界羽球錦標賽男單冠軍，以及第一位蟬聯奧運會羽球男單冠軍的羽球運動員。

現職：職業運動員。

二〇一二倫敦奧運，中國羽毛球國家代表隊的「超級丹」林丹衛冕成功，繼二〇〇八年北京奧運之後再奪下男子單打金牌。這一幕，是無限的歡呼，我腦海裡浮現在二〇一〇年，專訪他的種種，好個林丹，果然不負眾望。

羽球界兩位天王——李永波與林丹，兩位神情專注聽我的提問。

其實，專訪運動明星一直是我不太敢碰觸的話題，哈！各位可能猜到了，沒什麼運動細胞的我，除了去健身房健身之外，對各項運動都興趣缺缺，談運動話題就怕自曝其短，很沒有信心。但是，若能專訪到國際級的運動明星，責任感也好，好奇心也行，是萬萬不會錯過的，那麼羽毛球明星林丹，就便是這樣一個千載難逢的機會。事實上，這次的採訪經驗也是相當特別令我難忘。

當天的採訪，主辦單位安排在球場進行，時間非常緊湊。除了記者會之外，各大媒體也輪流採訪，最後的十五分鐘就留給了《今夜有話要說》。所有的媒體採訪都必須在「表演賽」之前結束，且表演賽不容許任何延遲，可想而知只要有一家媒體耽誤了時間，或是任何一個環節出現問題，就會影響後面所有的流程。《今夜有話要說》被安排在最後，雖僅有15分鐘，已是所有媒體中時間最多，最完整的一對一專訪了！但是，也有風險，若前面一延誤，我這段時間也就得跟著縮水。好在，媒體朋友們都非常專業與合作。

除了時間的壓迫之外，在球場做電視專訪的難度出乎預期地高。球迷粉絲陸續進場，熱鬧興奮及鼓噪氣氛可想而知，鬧哄哄的氛圍對專訪是很大的挑戰，我幾乎聽不清楚林丹和主教練李永波的聲音，在我視線範圍內，見到所有在場的人都是神色匆匆，讓我心思無法真正平靜下來。也可能這些原因，再加上表演賽即將展開，林丹對問題的回應比我預期地來得簡短許多，讓我相當緊張，腦海中要很快速地補充新的問題，同時又要非常專心地聽林丹的回答；加上經紀人不停地在我耳旁催促、趕時間，噪音、人群、時間壓力、腦海又要不斷地跑問題，我只能說這場訪談做得真不容易。

這次專訪還有個小插曲，就是去球場途中，沒料到Bay Bridge港灣大橋的交通真的猴「塞」雷（廣東話發音）。原本不到半小時的路程，卻花了幾乎兩小時才抵達，好在我怕遲到還特意提前出發。重點是我還迷了路，找不到球場，一直在同一條路上打轉，更慘的是，出門前還喝了一大杯水，那杯水卻又在「關鍵時刻」發揮了極大的「影響力」，讓我在趕路、迷路、無法冷靜，滿頭大汗之時，還一路憋尿，整個人幾乎快要抓狂崩潰，最後終於在「尿崩」之前抵達球場，真的是有驚無險。現在想起，頭皮還發麻呢！

回來談林丹吧！其實，主辦單位從一年前就開始策劃邀請「超級丹」林丹以及中國羽毛球國家隊主教練李永波教練等人訪問灣區，最後終於爭取到在法國世界錦標賽比賽完後，趁空檔拜訪灣區。林丹給我的第一印象就是型男、外向、親和力十足；我也從旁得知，李永波教練不僅羽毛球打得好，也是高爾夫球高手。

對於這樣一位經過嚴格訓練的超級選手，令人好奇的是，他如何調適身心的疲累，又如何面對勝敗得失？身經百戰的林丹坦言，體力上的辛苦並不苦，思想上和心態上的磨練才是真辛苦。林丹紓解壓力的方法就是看電影、逛街和隊友聊天。在我看來這些都是最基本，但卻是最實在的好方法。羽毛球帶給他最大的快樂就是可以「以球會友」，並且在自我提升下，有機會獲得許多榮譽；令人佩服的是，他把失敗也當做是榮譽和快樂的一部分。李永波教練也有一番特別的訓練哲理，他以為，在訓練過程中，要能允許球員輸球，允許他們犯錯，這樣才有機會幫助球員從錯誤中學習，維持在正軌上，創造高峰。

繼二〇〇八年奧運之後，林丹是二〇一二年再奪金的希望，但，眾人不免好奇，林丹在面對年輕對手時，會不會擔心體力不如四年前？林丹和李永波教練都說，真正成功的運動家不該是靠體力，而是在戰場上不斷淬鍊而來的經驗和一種成熟度。我想，眼前這位羽毛球高手之所以有如此耀眼成就，其祕訣就在於此吧！

這些年我更能體會人生就像一場競賽，有輸贏、有低潮、更有挫折。面對這些問題與挑戰，有些人可以東山再起，有的人卻從此一蹶不振。林丹與李永波，兩位運動家的運動哲理，在我自己的人生道路上或是職業生涯中，都有十足的影響力。

小璐回娘家（註一）

■播出時間：二〇一一年二月四日

若要我扮演一個其他演員詮釋過的角色，我不怕被比較，因為我可以二次創作。

——李小璐（註二）

李小璐

學歷：北京美國英語語言學院。

經歷：三歲拍攝電影《小島》從此進入演藝圈，一九八八年憑電影《天浴》獲第三十五屆金馬獎最佳女主角，同時也是金馬史上

註一 這集節目，播出日期是二〇一二年農曆大年初二，正逢年初二，李小璐回美探親，所以將節目名稱定為「小璐回娘家」。

註二 李小璐（Lulu Li），出生於北京，其母為美籍華人演員張偉欣，其父為八一電影製片廠的導演兼演員李丹寧，李璐三歲參加八一電影製片廠拍攝的電影《小島》，從此與演藝事業結下不解之緣。一九九八年憑電影《天浴》獲第三十五屆金馬獎最佳女主角，一九九九年憑電影《天浴》獲法國水城首屆亞洲電影節最佳女演員，二〇〇六年憑電影《關於愛》獲首屆羅馬尼亞國際電影節最佳女主角，二〇一二年七月與影星賈乃亮舉行婚禮。

小璐拍完戲，沿途塞車及時趕來錄影，讓我很感動。

最年輕的女主角。
現職：演員／歌手。

專訪李小璐在時序上是有些交錯的。小璐的娘家在舊金山灣區，但她常在外拍戲，和夫家在大陸定居。「小璐回娘家」是我為這篇文章定的題目，一方面她回到舊金山灣區，回了娘家；二方面我決定在大年初二時播出這集的節目，雖然那是兩個月之後的事，但這可讓她名符其實地「回娘家」。螢幕前的小璐全身都是戲，在我面前的小璐讓我見識到什麼叫做天生的戲感；能夠專訪到她，的確是一件過癮的事。

無論是在獲得金馬獎影后《天浴》裡的文秀、電視劇《奮鬥》裡的楊曉芸、或是古裝魔幻劇《美人天下》裡的提刑官賀蘭心兒，李小璐的角色跨度非常大，處處展現實力。為何她都能詮釋地這麼好？她說，除了做足功課外，她喜歡觀察和模仿，同時，她也覺得自己的演技多少來自天分。從未受過正統戲劇訓練，這「天分」是來自父母親。母親是大陸資深名演員張偉欣，父親是八一電影製片廠的導演兼演員李丹寧。

不過，專訪這位金馬獎史上年紀最輕的影后可讓我嚇出一身冷汗。錄影當天，張偉欣（我稱她張大姐）突然來電告知，小璐還在距舊金山以南約兩小時車程的觀光景點17哩路附近拍戲，有可能趕不回來，主因是有人員受傷而延遲了一天的拍攝進度。我的節目是晚上八點錄影，下午三點張大姐還無法確定小璐是否趕得回來，眼看節目要開天窗，我只有硬著頭皮、頭冒冷汗再等她兩小時，若她不出現，節目就錄不成了，因為第二天中午，小璐就得搭機回中國，行程是超級大滿檔。

實在是有驚無險，劇組在路途上沒有遇上塞車，一行人最後在錄影前十分鐘抵達電視台。只是，李小璐在一進電視台大門，就看得出一臉疲憊，這讓我格外感謝她百忙抽空，信守承諾趕來錄影，沒有讓我的節目開天窗，而且，錄影完後，她還得趕回劇組，再補拍一些畫面，實在辛苦。

錄影之前，我沒能和她談太多，主要是希望小璐可以稍適休息。說到錄影，李小璐就像是活在螢光幕前的人，一開錄，她整個人瞬間容光煥發，精神抖擻，表現得真的像是在過年，果然是位天生的演員，而且十分敬業。

三歲就開始演戲，小璐年紀很輕，但資歷又相當深。她有著似乎衝突又不衝突的條件以及性格。從訪談間，細細流露。應對談吐間，她有時像個小姑娘，有時像個小女人。談到寵物，她又一臉稚氣；談到愛情，她有憧憬。她說，自己是個很容易滿足的女孩。說到愛情，她又以「教導」的口吻，要我學會在忙碌的同時，擠出時間談戀愛。一會兒，她像個小女生在和我分享她的愛情觀；一會兒，她又像資深前輩談她的戲經。以「資深」形容她，可一點都不心虛，小璐說，她還記得三歲拍戲時的一些經典畫面，這可真把我嚇了一跳呢！

我還問了她，在不在意許多人說她像周迅，她對這樣的說法是一點也不介意。我又追問，若有機會飾演《畫皮》裡，周迅所演的狐狸精小唯的角色，怕不怕被觀眾拿來比較？這時的小璐展現她「資深前輩」的機智和肚量，她說：「我可以二次創作。」一句簡單但深意的經典回答，讓我印象深刻，久久不能忘記她自信的模樣。另外一句印象深刻的經典名句，是在幾年後，我從其它媒體報導上，再次看到她展現機智及自信的一面。網友在微博上批評李小璐演技下降，近幾年沒有什麼代表作品。小璐則反擊回應：「她的演技比對方高出一個珠穆朗瑪峰，有本事先來ＰＫ再評價。」一句「珠穆朗瑪峰」展現出「資深前輩」龐大的氣場，也讓我再次回想到當年採訪小璐時，她的自信與機智。

小璐的甜美、機智與自信，令人印象深刻，希望有機會能再次採訪她。

有眼不識大山

■撥出時間：二〇一一年八月十八日

親身感受到大山對中國文化的濃濃熱情，異鄉遊子的我們又該如何在西方文化的衝擊下，以我們的文化為傲，而且還能成為中華文化大使呢？

——海翔

大山

學歷：北京大學中文系。

經歷：一九八八年春晚大山一角讓他一炮而紅。

一九八九年正式成為中國第一位外籍相聲演員。

二〇〇八年出任加拿大奧委會特使。

二〇一二年加拿大總理哈珀任命大山為加拿大中國親善大使。

二〇一七年最新作品，單口喜具專場——〈大山侃大山〉。

現職：相聲演員／節目主持人。

訪問「大山」是一件有趣且值得分享的經驗，「大山」其實並非他的本名，而是這位傳奇性的人物在中國春晚的小品節目中飾演了一名中國年輕人「大山」，讓他一夕爆紅。自此，他以「大山」之名行走於中國相聲界，他拜姜昆為師，成為中國第一位外籍相聲演員。不錯，他是一位中文造詣極佳的道地外國人，並且是中西文化交流的最佳使者，也是二〇一〇年上海世博會加拿大總代表。為了大山的到來，我也思考如何讓觀眾「驚豔」一下……。

「灣區的觀眾朋友你們好，您現在收看的是ＫＴＳＦ《今夜有話要說》，我們在這裡跟大家「侃大山」（註一），因為我叫大山，雖然我不姓侃。唉，我做為主持人是不是搶了你的飯碗呢？」以上這段話正是大山的開場白，這也是我第一次請嘉賓做開場。相信，當時電視機前的觀眾已被他的流利國語嚇到了。

其實，大山是位全方位的藝人，他自己來介紹自己，更幫我做節目介

註一　最早是北京土話，後來在七〇年代，成為一種流行語，意思是什麼都敢說，什麼都敢吹，高談闊論但有吹牛的意思在內，也可寫成「砍大山」。

紹，可把氣氛給炒熱了。大山是26台一位主管的朋友，剛從加拿大來舊金山灣區陪讀，十六歲的兒子在大學裡做研究，所以讓我有機會採訪到這位非常特別的來賓。

他是絕對的重量級，但專訪他時，我著實汗顏，其實我不聽相聲，更不懂相聲，所以對這位在中國大陸早已赫赫有名的人物是一無所知。他到底多有名呢？聽了同事描述之後，禁不住一聲「哇！」心想，可又讓我訪問到一位難得的嘉賓了。大山在中國的名氣很響亮。中國媒體稱他是「外國人」不是「外人」，意思是，他中國化得非常澈底，雖說是加拿大人籍，但中國人早把他當成自己人了。有一年的春晚，他把中國青年演得極好，為他奠下了觀眾群。

一開始，我是以電子郵件與大山溝通，後來，我決定打通電話給他，直接討論專訪內容。電話一通，大山接起了電話，我在這一頭聽到他的聲音是一種奇妙的感覺；其一是，很少有機會可以和大牌直接通電話，細談節目內容，通常訪談內容都會先透過助理或經紀人過濾；其二，他的中文極好，好到我忘記是和「老外」通電話，他中文極標準不說，用字遣詞之精準貼切，連我這個以中文為母語的人都自嘆弗如。

訪談中，不免問及大山學中文的動機？又怎麼可以把中文學得這麼好？他的答案很簡單：一切源於「必須喜歡」。大山對中文以及東、西方文化差異的興趣，和對相聲的情感，都是透過相聲這種深入民間的藝術，來提高自己在中文水平上的造詣，他在了解中國民間文化的同時，更發揮了他在中西文化上交流的貢獻。這點從他的微博上不難窺見，好比，他常比較中英文字上的使用習慣，和生活差異，為兩種文化做了融合與解說，也難怪他被任命為二〇一〇年上海世博會加拿大總代表，十足的文化大使，令人佩服。

當天的Call-in相當踴躍，問題也很犀利，像是相聲界的內鬥、中文和英文何種語言容易學以及他對中國民主發展進程的看法。大山不僅以流利中文一一做答，更是從容自在。他以為相聲界內鬥大多是媒體炒作誇大，他個人並不介入這類事件。說到學語言，他以過來人的感受說，無論學那一種語言，第二語言最難學，但若能打破第一語言的思考方式，那麼學其他語言就會快許多。談到中國自由民主發展的腳步，大山回應，中國是一個龐大人口的社會體系，深層次的自由民主變化需要時間，現階段最好的方式就是自己扮演好自己的角色，盡好本份，接下來就是在潛移默化中，逐漸改變，剩下來就是時間的問題了。我認為，回答得相當中肯與切題。

當然，也不乏來挑戰的觀眾，有人糾正他的中文，直言：「大山說錯了！」原來，當大山介紹自己的妻子時，用了「夫人」做為來稱呼，但大山也不甘示弱，他反駁這樣的說法無誤。他指出，這個問

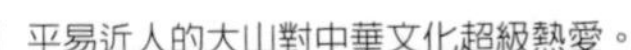
平易近人的大山對中華文化超級熱愛。

題過去也曾在網上討論過，從前對他人的妻子尊稱為夫人，但語言不斷地變化，隨著時代變遷而調整，現在可以稱自己的老婆為「夫人」。

節目精彩互動，無庸置疑，但我唯一小小的遺憾是，我本希望大山能在現場說一段相聲，但他拒絕了。他解釋，相聲是一種與觀眾有緊密互動的藝術表演，以現場觀眾的笑聲、情緒，甚至是表情，做為一種現場反應的動力，如此，才可能創造出相聲演出的最佳效果。

與大山一席話，我有一種感受在心中揮之不去：他是如此致力於中西方文化的交流，那麼身在美國的我們，正是在中西文化交流與衝突中生存，是不是也可以盡一己之心力呢？

發現神祕黑洞的科學家
——馬中珮

■播出時間：二〇一二年一月十八日

培養孩子興趣，讓他自由發展。

——馬中珮

馬中珮

學歷：麻省理工學院物理學博士。

經歷：賓州大學天文及物理學系助理教授、柏克萊加州大學天文研究員，二〇〇三年榮獲邁爾夫人物理獎。

現職：加州柏克萊大學天文物理學系教授及兼任臺灣中央研究院天文所兼任研究員。

《今夜有話要說》較少邀請科學家上節目，特別是女科學家。話說專訪這位國際知名的女科學家馬中珮，從邀請到上節目還跨了一個年頭。二〇一一年底，實習工作人員和她聯絡，一直到二〇一二年初，才請到她上節目，

兼具理性與感性，親和力十足的馬中珮教授。

算一算，大概花四個月的時間。其實，當我們一開始接觸馬教授時，她已欣然接受《今夜有話要說》的邀約，只是期間，又經過她出國等因素，也就好事多磨了一陣。馬教授以用電子郵件做為主要聯繫工具，無形中，等待她一個回覆可能又耗上一、兩天。這種不確定的感覺，我真怕馬教授「反悔」。當然，專訪了她之後，回頭再看那幾個月的等待，我深深覺得，這一切都很值得。

馬中珮教授是一位才貌兼備且十分年輕的科學家。在她身上，見到理性與感性的協調，科學與人文的融合。高中時代，馬教授曾獲全臺灣小提琴比賽冠軍，在就讀麻省理工學院時，她也同時在波士頓新英格蘭音樂學院修讀小提琴表演課程，並曾登台演出，媒體如此形容，說她是一位「左手研究物理，右手拉小提琴」的女科學家。

馬中珮的自信在言談中自然地表露，那是一種科學家難掩的自信，但她又多了一層柔性與一種屬於她的氣質。這股氣質應是來自家庭的薰陶。父親是馬驥伸（註一），母親黃肇珩，兩位都是臺灣德高望眾的新聞前輩，但馬中珮並沒有繼承衣缽，她極早就展露出在對天文物理的天分。馬中珮不僅選擇了她的志向，也主動向父母提出要出國進修的意願。她有很強的企圖心，希望自己在天文物理和音樂都能更精進，她相信，在國外的環境能有更多的機會與發揮的空間。回首這個人生重要抉擇，她為自己做主，更要全力以赴。馬中珮在唸北一女高三時，就跳級進入麻省理工學院，三十七歲時就獲得「邁爾夫人獎」（註二）的殊榮。馬中珮的不凡，讓我不自覺地想：天啊！坐在我面前的，到底是位什麼樣的人物？

註一 馬驥伸，曾任教育電臺節目部副主任兼新聞組長，「中央社」資料編輯部主任，臺灣大學社會教育系新聞組副教授，《讀者文摘》中文版顧問，中國文化大學新聞暨傳播學院院長，並曾任教於輔仁大學、淡江大學教授新聞文學、新聞倫理等課程，現已退休。

註二 邁爾夫人獎，這獎項是美國為了紀念歷史上第二位諾貝爾女性獎得主邁爾夫人而專門設立的獎項，主要的目地是要頒給獲博士學位十年內展現具體物理成就的高潛力女性。

有看本集節目的朋友，一定能感受到，馬中珮能夠以輕鬆幽默的方式將深奧的科學知識深入淺出地帶給一般大眾。她花了許多年的時間發現了距離地球三億光年的超級黑洞，距離上一次發現黑洞的時間已有三十三年之久；而這次新發現的黑洞質量是上一次發現的兩倍、太陽的一百億倍。究竟什麼是黑洞？她以一句話說明：「引力大到連光都無法逃出去」就是黑洞。那麼究竟發現黑洞又有多難呢？她則利用音樂來做例子：好比馬友友在洛杉磯音樂廳表演快節奏的「大黃蜂」。與此同時，一群舊金山的科學家必須想辦法測量出馬友友彈指間的速度，這樣俏皮有趣的方式，即使不懂科學的人，大概也能想像出這個難度有多高了。幾年後，在其他媒體上看見馬教授有了新的發表，也是「超級大黑洞」的延伸研究——「偏鄉超大黑洞」。這次的研究就好比有系統地調查「全臺灣一百大城市」，卻意外在大城市外的偏鄉發現寶物。不變的是，馬教授依舊用深入淺出，俏皮有趣的方式將科學知識及她的研究成果帶給大家。

科學的研究是需要無限的耐心和堅持。馬中珮提到，若錯失觀察機會，或因天氣不好而延期，那麼再等待下次的機會就是半年甚至一年了。而且可能因為這等待期間天空產生了許多的變化，所有的數據都要重新再蒐集研究。除了研究黑洞之外，她對於宇宙中的黑暗物質及黑暗能量都有很高的研究興趣。過程中，她發現了人類所知的元素週期表裡的元素只佔全宇宙的百分之四，換句話說還有百分之九十六是人類看不到的黑暗物質和黑暗能量。「由此可知，現今人類對於宇宙的了解真的還是非常的淺薄。」她強調。

除了談馬中珮的研究，我也提出了霍金博士曾說，人類在不久的將來，可以移民火星和征服宇宙的說法。她的回應是，她對移民火星持保留的態度，至於征服宇宙，她的觀點是，能在人們所居住的地球上觀看宇宙，其實也是一種征服。與馬教授的這番討論，我感受到，她以非常平和的心，來了解宇宙的奧祕，以知識來「征服」一個未知的世界，是一位崇尚和平的科學家。當然，我也不免俗套地問了馬教授有關外星人是否存在的問題，理論派出生的她認為，若是以人類現今生存的方式來推測是否有外星人，那麼外星人存在的機率真的不大，但，若他們以超乎人類想像的生存方式來生存，有沒有外星人就很難說了！

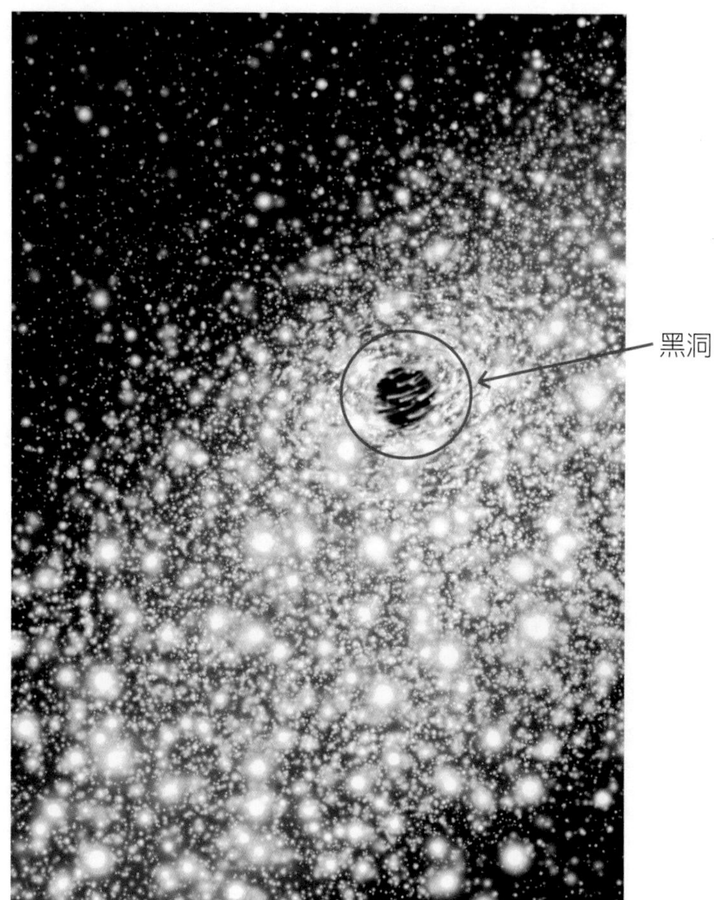

Blackhole: Gemini Observatory/ AURA artwork by Lynette Cook. (This image shows an artist' s conception of stars moving in the central regions of a giant elliptical galaxy that harbors a supermassive black hole.)

馬中珮教授是一位業餘的小提琴音樂家，在她修習音樂時，是否有想過走上專業的音樂路呢？此時，馬教授展現出她的幽默，她回答說，在成長的過程中，她看到許多物理天文學家在閒暇時，能玩音樂；但她從沒看過一位音樂人會在閒暇時玩物理，因此，她有了一個明確的答案。談到家庭，馬教授有個可愛的兒子，且已展現了音樂長才。我又問了馬教授，孩子是否也遺傳到她的科學天分呢？言語間，她沒有「是」或「否」的答案，但，透露出她是一位非常開明的母親，她希望孩子的發展應以其興趣為主，培養孩子興趣，讓他自由發展才是最重要。

想想，馬中珮教授要做研究、要教課，並且兼顧家庭同時還要玩音樂，大家大概很難想像她也著迷Facebook和憤怒鳥。不禁好奇她是如何做到？而且還能事事都做得好？帶著一點女強人味道，她默認自己是一個完美主義者。也許是這樣的人格特質，加上善用時間的高效率，使得她能在母親、妻子、科學家、教授和音樂家的人生角色中扮演得恰如其分。在我看來，她不僅是位天才，更是一位十分努力和執著，追求理想與目標的「女強人」。

星光閃閃，天后蒞臨

——萬芳、趙詠華

■播出時間：二〇一二年四月五日

做節目的挑戰，不也是人生的挑戰？面對它，處裡它，完成它和放下它。對我而言，同樣要能用這樣的智慧來處理！

——海翔

「星光閃閃，天后蒞臨」是我在本集節目播出前一刻才想出來的節目標題。如何把辛曉琪、萬芳、趙詠華三人共同特色展現出來，同時又不會有廣告宣傳之嫌？這個問題讓我傷透腦筋。這個急中生智的標題讓我頗為滿意。可惜，計畫永遠趕不上變化，美中不足，當晚現場節目卻演出了明星「三缺一」（三個少一個）的戲碼——療傷天后辛曉琪並未「蒞臨」《今夜有話要說》！

當晚進門的，只有萬芳、趙詠華，卻不見辛曉琪的蹤影，讓我當場傻眼。腦子裡閃過一週以來在電視、微博及臉書上鋪天蓋地強力宣傳三位天后將同時受訪，這是多麼令人期待的場面呀！開了天窗，不但我個人無法接受，也不知該如何向觀眾交代，而且我準備的題目和內容畫面都是針對三位天后而設計。

更令我無法理解的是演唱會主辦單位並未事先告知辛曉琪的狀況，只是到了現場後，才草率地三言兩語跟我們說辛曉琪還在時差中，身體不適，無法前來。知道這個情況之後，也無暇再和主辦單位爭論，當下立即採取補救行動，希望能以電話連線方式做訪問，但，最終仍未成功。

主辦單位也向我們強調，當天所有宣傳通告都只有萬芳和趙詠華，辛曉琪並沒參與宣傳活動，目的是希望她有充足的休息後，可以參與當晚

和嘉賓萬芳、趙詠華做訪談內容的討論。

《今夜有話要說》的專訪。但，我也揣測當中有些問題，好比：「有可能」合約上並沒有談好需參與宣傳活動；或「有可能」主辦單位並未事先告知有電視採訪通告，溝通上有些問題。試想，若臨時說服歌手接受當地節目訪問，參與宣傳，歌手有權利拒絕。當然，「也有可能」辛曉琪真的不舒服，無法前來。而我個人絕對相信後者的說法，所以，在節目進行時，我主動表示，希望辛曉琪能盡快調養好，期待她精彩的演出。事後，也在微博上祝福她。

對這樣危機，做了處理，也算過了關。我可以理解「臨時狀況」不可免，也不敢奢求事事順利，但是，因為節目性質是現場直播，若主辦單位能提早告知有此狀況發生，我們可以做出更完善的處理，例如：稍加調整節目流程及方向，避免現場節目出錯，也是對觀眾一種負責任的態度。

以下是我在微博和辛曉琪的對話。

（當晚節目播出前幾分鐘）

海翔之今夜有話要說：真可惜，曉琪人不舒服，無法來到現場接受採訪，但是我們希望她身體盡快恢復，演唱會一切順利！

（節目播出後辛曉琪的回應）

辛曉琪：昨銀行辦完事務感身體不適無法上通告，為不想讓關心我的朋友家人擔心，造成媒體製作單位與主辦困擾，以及讓期待見到我的歌迷朋友落空，實感抱歉！感謝。

辛曉琪：大家的關心，經一夜好眠身體已恢復，明晚一定盡情演出！

❤@KTSF26台 @辛曉琪曉音家族歌迷會

（節目播出後經紀人的回應）

曉琪姐因美國時差造成身體極度不適！我很自責沒有好好照顧她，她不想讓歌迷擔心，是我決定讓她多休息沒讓她去上通告，結果造成電視台@KTSF26及主辦被責備，我很抱歉！希望歌迷們體諒，也請@辛曉琪多保重!!

第一次和萬芳合影。

（事後辛曉琪對我的回應）

辛曉琪回覆@海翔之今夜有話要說：不好意思，希望下次有機會能見面接受您的訪問（四月七日 17:16）

當然，現場有趙詠華和萬芳，已讓我十分高興。雖然天后三缺一，但，節目依舊精彩，尤其我和兩位嘉賓已有一定的熟悉，兩位和我都不是第一次接觸，我曾專訪過趙詠華兩次、萬芳三次。這樣的默契，竟呈現出意想不到的正向化學變化。

當天也有網路獨家播出的版本，也就是說，在電視廣告時，我們網路版的節目仍繼續進行。在網路版裡，兩位天后都很High，兩人開心地聊了起來，有時甚至還忘了還有我這個主持人存在呢！

第一次採訪歌聲甜美，親和力十足的趙詠華。

上場之前，我的心情多少受到辛曉琪No Show的影響，不過，有另兩位天后朋友的加持，加上我一開始的一句口誤，說要送給「所有」觀眾，價值一千塊元的ＶＩＰ門票（應是只有一位幸運觀眾可以中獎獲得）。這個口誤，可讓萬芳和趙詠華逮到機會「恥笑」我，我也自嘲起來，氣氛頓時熱鬧起來，一掃「辛」事件的不順。

趙詠華及萬芳兩人配合度都相當高，對於任何問題都來者不拒，自然、不做作，與其說是在做節目，不如說是老朋友聚會，好像總有聊不完的話題。她們兩人還自稱是「萬華」二重唱（又稱艋舺二重唱，艋舺是萬華的台語發音），兩人處處展現默契。熱情的網友也利用微博，加入節目與兩位嘉賓互動，網友直說，她們兩人越來越像雙胞胎。節目最後，湧入一大票觀眾Call-in，要搶答贏得演唱會ＶＩＰ門票，讓現場High到最高點，節目效果十足，無疑地，這是一次「反劣為勝」的成功訪談。

放下興奮的情緒，我思考許多做節目前前後後的突發狀況，該如何「面對它，處裡它，而又能完成它和放下它」？您對這幾句話該有所熟悉；對我而言，這是做節目的挑戰，可不也是人生的挑戰。要能用這樣的智慧來處理，對製作團隊和主持人來說相當重要，尤其是「放下它」，如果節目因突發狀況，而攪亂了心情，影響了節目品質，真的是賠了夫人又折兵；以這次的經驗，我深深體會到，要做出好節目，危機處理十分重要，跳開不好的情境，記取經驗遠比留下陰影來得重要許多。哈，這集節目讓我更加感謝觀眾和網友的大力支持，而沒有責備我，給我無限鼓勵！

縱橫網路世代奇才
——詹宏志

■撥出時間：二〇一二年四月九日

所有的網路消費行為，凡走過必留下痕跡。

——詹宏志

詹宏志

學歷：國立臺灣大學經濟系學士。

經歷：商業週刊首席顧問、《明日報》創辦人、臺灣大學社會科學院新聞研究所兼任專技教師。

現職：PC Home Online網路家庭出版集團創辦人。

因為《今夜有話要說》節目在舊金山灣區的重要性，讓我有機會接觸到各領域重量級人物。這位人物便是其中的一位。請到他也是相當不容易，大約兩個月前就開始越洋連繫，並且做節目內容規劃。他較少接受電視專訪，理由很簡單：因為會緊張。此次，詹宏志來美國，主要是因為他一手創辦的

「網路家庭」（PC HOME Online）要進軍美國市場，這也是除了臺灣市場之外，網路家庭第一個海外市場。

是著名作家、意見領袖、電影人，也是編輯及出版人，同時他還對文化及網路趨勢和社會經濟問題有著精闢的見解。曾經在職場上跌倒慘賠三億台幣，讓他的人生一度跌到了谷底；但，這慘痛的經驗並沒有打倒他，反而讓他更清楚未來的方向。他是天才型的人物。他是誰呢？他就是現今臺灣電子商務龍頭PC Home創辦人詹宏志。

詹宏志絕對是家喻戶曉的人物，但是，坦白說，我對他了解並不深。為了讓節目更精彩深入，我還諮詢了他不少粉絲，其中，鄭家瑜（註一）就是他的頭號粉絲。多虧了家瑜，她臨時幫我惡補有關詹先生的背景，我就像吃了定心丸一樣，讓訪談更流暢。我不得不說，若當天是家瑜專訪詹先生，相信節目會更加精彩有趣。家瑜還千交代萬交代，要我一定轉達，她是詹先生的頭號粉絲，而且還超級想專訪他，只可惜，當晚家瑜要搭機回臺灣，而錯失

註一 舊金山灣區資深媒體人，灣區26台《今夜有話要說——週五放輕鬆》主持人。

歷經網路時代大起大落，詹宏志在節目中分享他的心路歷程。

了良機。

當天，詹宏志提前到達，我抵達電視台時，他早已安坐在休息室裡。通常我見到大人物時，都會相當緊張，特別是對方比我早到的情況下。可是，當我一見到詹董，就感受到他親和得不得了，一點都架子和傲氣都沒有，散發出的不僅是科技人的味道，說話時還帶著一股文人和傳媒人的氣息，好特別。上節目前，也和他小聊了一下。公司員工私下說，詹先生家裡藏有四萬多本書，平均一年要看兩千多本，一天約要翻閱七本書左右。雖不是逐字看完，但，詹先生到了這般愛讀書的「境界」，相當驚人。

詹宏志說，從小就愛讀書，把閱讀當作一種享受和樂趣。他小時家境不好，沒有錢租書，有時，同學租書來看，他就乾脆坐在兩位同學中間，這樣就可以同時看左、右兩邊同學的書籍了，「省時又省錢。」他笑說。試想，這樣的功力還真不是一般人能做得到呢！

節目一開始，我就問讓他當年慘賠三億台幣的《明日報》的情況。二〇〇〇年二月份《明日報》創刊，當時個人網站和網路新聞還未普及，詹宏志就雄心勃勃地要《明日報》每天提供讀者一千條新聞，記者採訪模式是隨時採訪，隨時發稿。這樣的模式造成非常龐大的人事費用。一年後，詹宏志召開記者會，承認《明日報》失敗。詹宏志分析，失敗的原因除了他當時的眼光太遠，腳步太快之外，肆意擴充也是一個主要因素。記者隨採隨發是新的管理模式，但並不成熟，例如何時截稿？讀者如何閱讀一千條新聞？都是問題。但現在想想，如今網上資訊的流量，讀者用戶的大量需求，是不是就如當年詹宏志所預測的呢？《明日報》的失敗，對他日後發展PC home，帶來一定程度的影響，因為，媒體或多或少會把焦點放在他失敗的《明日報》事件上，自然媒體對他在未來事業的發展上，信心多少都會有些折扣。

節目播出之後，許多觀眾向我反應看不過癮，我想除了詹董非常能言善道之外，也是他在節目中談了一些從未公開的話題。這也是我對詹董的小小要求，相信是達到了加分的作用，且更加的吸引人。例如，詹董研究過多位偵探辦案手法甚至細到這些偵探在餐桌上所吃的食物，順道一提，詹宏志還是一位美食家，且燒得一手好菜。他去餐廳用餐前，也發揮同樣的研究精神，將主廚的背景資料、餐廳歷史和每道菜的特色、原由等調查得清清楚楚。

他看過千本偵探書籍，精通到可以出書。若您覺得他只是一名狂熱的偵探迷，那就大錯特錯了。他將偵探的辦案精神和手法運用到網路家庭商店街的營運，「消費者在網路上消費，凡走過必留下痕跡。」他說，這些足跡都是寶貴的參考資料。

詹宏志也以同樣的精神，運用在自身的網購經驗上。無論天涯海角，許多稀奇古怪的東西，他都試著去買，親身體會在網購的過程中，會遇到哪些問題，又該如何解決這些問題。如此用心都是使他成為臺灣電子商務龍頭的原因。我曾經在中工會（註二）的演講上，被問到採訪過這麼多成功名人中，他們共通特色是什麼？我的答案是：他們的共通特質就是「異常努力」，也

註二 矽谷中國工程師協會。

是我日後努力的目標，而詹宏志先生就是代表之一。

在短短不到一小時的專訪中，詹宏志帶給我許多的驚奇。除了《明日報》的挫敗、一天閱讀七本書以及偵探精神之外，我問了他我內中的一個疑惑：創意可以訓練出來嗎？有此一問，是因為在訓練實習生或帶新人時，總告訴他們：「我們做節目，身為傳媒人，要有創意。」但，其實我心裡很虛，創意二字很難給新人一個明確的努力方向，我甚至覺得那是一種天分，不一定學得來！但，詹宏志對創意解讀，帶給我許多靈感，而且讓我豁然開朗。他舉了貼切且實用的例子；他說，平常用右手刷牙的人，可以試著換換左手刷，可能會因此而產生不同的靈感；另外，他也說了一個有趣的創意訓練方式，就是試圖把三個完全不相干的東西，用一個富有邏輯性的創意故事把它們串連起來，並且產生關連。被他這麼一點，我才明白，原來人人都可以發揮屬於自己的創意，只是許多人不知從何開始罷了。

詹宏志一語驚醒夢中人，讓我對創意有了一個具體的形象了。所以各位也就不難想像，為何我喜愛主持《今夜有話要說》了，因為我喜歡學習，它每天帶給我不同驚喜、不同的收穫，也讓我不斷地成長。

電影界的「賽德克・巴萊」
——魏德聖

■撥出時間：二〇一二年四月二十六日

魏德聖就是電影《賽德克・巴萊》劇中的那位男主角莫那・魯道，追夢、逐夢、堅持到底，他正是電影界的英雄。

——海翔

魏德聖

學歷：遠東工專電機科畢業。

經歷：擔任軍教片《想飛——傲空神鷹》場記，電影《麻將》中，擔任場務、助導及升任副導演。榮獲第四十五屆金馬獎年度臺灣傑出電影工作者。

現職：臺灣電影導演。

從獨自一人懷想了十二年的電影主題，到匯聚了一群人，超過一年的努力拍攝；不僅資金籌措遇上巨大的挫折，三百多天的日子裡，每一天，都面對著不可預期的艱鉅挑戰，而且唯一的選擇就是面對它、克服它。魏德聖和團隊撐過來了，終於完成了臺灣第一部史詩鉅片《賽德克・巴萊》！

電影出品之後，許多人不免好奇，為何片名取為《賽德克・巴萊》？但若說到「霧社事件」相信許多來自臺灣的觀眾就熟悉了。這部電影正取材自發生在日據時代的「霧社事件」。霧社賽德克族人使用的賽德克語，意思正是「真正的人」。在日本統治之下，喪失了原有的信仰和文化，被禁止紋面，失去圖騰信仰，遭遇到不平等的待遇，摧毀了他們的勇士精神，無法成為真正的人，族人因此決定流血一戰，雖明知寡不敵眾，但這股精神刻下了這段可歌可泣的歷史篇章。在我看來，魏德聖以這樣的精神同樣鋪陳在愛情、親情、友情與忠誠的細膩情感中，以自然細緻的手法來呈現，讓人了解，因了解而消弭歷史的仇恨。

《賽德克・巴萊》分為「太陽旗」和「彩虹橋」兩集，這部片不僅改變臺灣電影界，也改變許多人的一生。許多素人因為拍攝這部片瞬間爆紅而有了另一個身分、開始新人生。同時，《賽德克・巴萊》創造華語片許多紀錄。除了拍攝資金高達七億台幣外，這部片在全台二十八個場地取景，動用中、日、韓多達四百人、一萬四千個鏡頭、二千盒底片、拷貝共三百五十八支，甚至創造霧社街這樣的觀光景點。同時，也是第一部在總統府廣場招待首映會，高雄市舉辦上下集萬人聯映的創舉。魏德聖不僅成為臺灣電影界的當紅炸子雞，也是把臺灣電影事業推到另一層次的電影英雄。這回，他終於帶著作品《賽德克・巴萊》國際版和舊金山灣區朋友見面。由灣區的票房來看，也證明《賽德克・巴萊》這股旋風果然厲害。（註一）

能夠專訪魏德聖談這部電影，該是許多媒體主持人都不想放過的機會。此次的專訪，是透過駐舊金山經濟文化辦事處處新聞組安排，因為美國院線片片商正要準備發行《賽德克・巴萊》。這是臺灣榮耀，所以經文處特別安排魏德聖導演接受媒體採訪，希望替他加油打氣並拉高他在美國宣傳的聲勢，同時也讓更多人可藉由這部片更了解臺灣。

魏導來訪舊金山灣區的第一個通告就是《今夜有話要說》，令我感到格

註一　進軍美國的《賽德克・巴萊》關鍵的前三天票房數字，在北美十二個放映點當中，舊金山南灣庫比蒂諾市的票房，超越紐約、洛杉磯等地拿下冠軍，可說得到灣區僑民的廣泛支持。

外興奮。隨著訪談日子一天一天接近，我心中愈加地忐忑，擔心魏導在行程上的安排會有更動，而無法順利進棚，甚至「開天窗」。「開天窗」事件也曾發生在《今夜有話要說》的節目中，這種無奈、驚訝和氣餒情緒也收錄在本書中，相信讀者可以了解當中的苦處。

好在，我一切都多慮了，專訪的日子到來，魏導及相關工作人員比預計時間還早抵達電視台，我一見到他本人時，心中的大石終於落下，我接續的情緒反應竟是「乁」魏導身型比想像中嬌小許多，並不屬於高頭大馬，而且親和力十足，完全沒有大牌的架式。站在我面前的他，儘管剛下飛機，顯得有些疲態，但仍熱情地和電視台工作人員互動，原本陌生及緊張的氣氛一下子就緩和了。

魏德聖導演對節目的配合度相當高，在他上節目前的一星期，電視台要播出他接受《今夜有話要說》專訪的預告，這段預告帶當然要請魏導事先預錄，並從臺灣電郵過來。以我的經驗，這種越洋運作的情況並不容易如期完成，尤其是要請超忙的大牌特別為一個節目錄製宣傳片，總會遇上種種「不清楚」的阻礙，可能是太忙，也可能是經紀人覺得沒必要等等的置礙，總不盡人願。但魏導給了我們一個大大的意外驚喜，他在遠赴歐洲宣傳影片之際，仍如期錄製了十五秒的宣傳而且準時地寄給我們，這是多麼體貼和感動的一件事呀？我在臉書和微博上，也放了這段宣傳片，僅僅一星期，就受到熱烈的迴響。

此外，私下和魏導聊天時，我發覺他並非像螢幕前那麼嚴肅，相反地，他非常幽默，甚至時而搞笑，他說，因為許多媒體都問他一些嚴肅的問題，他無法展露輕鬆的一面，才被誤以為是嚴肅之人。衝著這一點，在節目進行前，我一再提醒魏導，專訪時，一定要充滿能量，千萬別讓觀眾感到他的疲憊。若能展現他的幽默，讓觀眾見到不一樣的魏導，那就會更完美了。他都做到了！魏導不僅配合主持人的節奏及問題，也發揮了幽默感，有觀眾說他看起來很年輕時，他很自然地搔搔頭，害羞地回應自己其實已年紀不小。訪談中提及他的電影風格和李安做比較，魏導非常謙虛地表示，能和國際級大導演相比是他的榮幸。

其實，訪問魏導最大的挑戰是對這部電影如何再談出別人不知道的事，我特意不多著墨電影《賽德克．巴萊》的拍攝和製片過程，因為媒體已有許多相關的幕前幕後報導，我心中一直想著如何給觀眾朋友看到一個不一樣的魏德聖。在和魏導做討論之時，我就開門見山地問，有什麼是其他媒體沒有談過的話題可以與灣區和觀眾朋友分享，但魏導直說，這部電影推出一年多來，該談的好像都談得差不多了，幾個主要談論的話題，像是經費短缺、克服自然環境、會不會太血腥以及電影宣傳等，都聊過好幾回，並且網路上都很容易找到答案。

當然，我們仍能找到針對海外的觀眾的話題，好比，四個半小時的電影為何要濃縮成二個半小時？又該如何保有它的連貫性和完整性？魏導說，濃縮版的目的是為了迎合海外市場片商的行銷策略，但，他坦言，原汁原味的四個半小時的確是比濃縮精華版更精彩。我也和魏導討論到電影情節中，花崗一郎以及花崗二郎自殺時的情節著實讓人感動，演員演技相當自然出色（徐詣帆，飾花崗一郎獲得金馬獎最佳男配角），魏導說，做為導演，他也為自己那幾段的鋪陳感到滿意，連他都很入戲且感動莫名；但，在兩個半小時的精華版中，這段感人的情節就稍嫌薄弱了。

歸結下來，我對這位大導演的第一印象是不耍大牌、配合度高、謙虛、搞笑又幽默，還不失純真。我在訪談中，最想強調的是魏德聖的精神，他勇於追夢，逐夢踏實，堅持到底是讓人最感動和敬佩的。十年磨一劍，他以十二年的時間，終於完成他的理想，是何等的不容易。魏導在現實生活中的理想及堅持和《賽德克・巴萊》的精神何嘗不是一致的？對我來說，魏德聖就是劇中男主角莫那・魯道，魏導正是電影界的英雄。

導演魏德聖在節目中暢談拍攝《賽德克・巴萊》的甘苦，並分享許多精彩的電影畫面。

Part 3
在政治風範之外

政壇型男

——賴清德

■撥出時間：二〇一〇年八月二十三日

勇往直前，再接再厲。

——賴清德

賴清德

學歷：國立臺灣大學復健醫學系學士、美國哈佛大學公共衛生學院碩士。

經歷：立法院立委、立法院民主進步黨團幹事長、台南市市長。

現職：行政院長。

二〇一二年臺灣總統大選，當年民進黨總統候選人同時兼黨主席的蔡英文以近八十萬票落敗（註一），加上立委選舉失利，黨內檢討聲不斷，蔡英文辭去黨主席位置，將由誰接任黨主席是為下屆總統候選人的政治風向球，影響不可謂不深（註二）。當時，被媒體稱為民進黨型男的台南市長賴清德呼聲相當高。見到當時的台南市長賴清德再度成為話題，讓我憶起二〇一〇年，在舊金山灣區專訪他的種種。當時正值五都選舉（註三），他是兩黨市長候選人中，唯一來到灣區的候選人。對於這位醫生背景出生的政治人物，我的第一印象是四個字：溫、文、儒、雅，但，只要談到政治議題，則是火力十足，相當尖銳，甚至引起不小爭議。像是近期他所拋出的「親中愛台」，不僅在國、民兩黨及臺灣政壇之間引起巨大爭議，就連舊金山灣區也都在爭論海外僑民誰才是真正「親中愛台」？爭議不止於此，現在接任行政院長一職，既有媒體分析，這是蔡英文總統為了防堵賴神直攻二〇二〇年總統大位挑戰她連任所設下的一步棋。

如果大家還有印象，當年的五都選舉選情相當緊繃，有一說法是國、民兩黨那一黨能拿下三都，二〇一二總統大選勝選機率就會相對提高。兩黨

註一　二〇一六年蔡英文捲土重來，搭檔前中央研究院副院長陳建仁，以六百八十九萬四千七百四十四萬票，得票率百分之五十六點一二，當選中華民國第十四任總統。

註二　最後由陳菊代理民進黨黨主席，蘇貞昌當選黨主席。

註三　五都選舉：在二〇一〇年五大直轄市，包括台北市、新北市、台中市、台南市及高雄市五個城市的市長選舉。

自是卯足全力在各地輔選。灣區僑界也為各自支持的政黨拉票，選情激烈，兩黨也不敢輕忽僑民的選票，國民黨金溥聰金小刀前來造勢，民進黨則是台南市候選人賴清德親訪灣區以圖拉抬人氣。這兩位都是臺灣政壇內的重量級人物，我很高興他們也都分別接受，我所主持的電視節目《今夜有話要說》的專訪。賴清德願意花時間和精力來到舊金山灣區與選民面對面，讓大家了解他的施政理念，相信不少人能感受到賴清德的誠意。時隔幾年，賴清德以台南市長的身分，再次拜訪灣區舊金山。這回與他見面，是在機場而非攝影棚裡。他的行程變得更加緊湊忙碌，他的

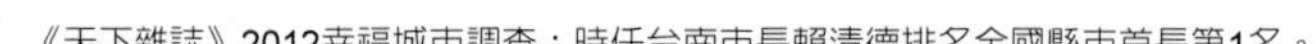
《天下雜誌》2012幸福城市調查：時任台南市長賴清德排名全國縣市首長第1名。

神情也多了一份因公務的辛勞與憔悴，但不變的是，他的溫、文、儒、雅與謙和。

賴清德被臺灣媒體封為臺灣版的大澤隆夫（註四），更有網友形容，以前民進黨內無帥哥，現在有五帥，賴清德就是其中一帥，可見得這位型男有其政治魅力。賴清德從政始於一九九六年當選台南市第三屆國大代表，一九九八年當選台南市立法委員，值得一提的是，他一連四任，且每一任都獲得公民監督國會聯盟評鑑立法委員第一名，這份榮耀相當不容易。在訪談中，我也提出許多敏感且較為尖銳的問題，例如，民進黨台南市長選舉整合的問題、同黨的許添財是否會脫黨參選成為他的競爭對手、國民黨介入台南選情試圖影響企業界及宗教界、高雄市候選人楊秋興和陳菊的「秋菊之爭」的影響性等。

此外，對於時任總統馬英九的施政績效以及熱門話題ECFA，他都一一答覆，風格依舊溫文儒雅，但，聽得出他善用政治語言，對相關人物喊

註四 大澤隆夫（Takao Osawa）：日本東京都出身的男演員，活躍於日本電影界，舞台劇，電視廣播等領域。

與現任行政院院長賴清德在錄影後合影，左一為灣區民進黨矽谷支黨部前主委張國鑫。

話，甚至懂得如何先發制人，好比，對黨內同志（許添財）脫黨參選，可能遭到不良的結果，他也以前人的例子暗喻，這無啻於斷送了政治前途，在我聽來，放話意味濃厚，而且還多了火藥味兒！

既然是來灣區拉票和宣傳施政理念，賴清德自然不會放過談他若當選後的施政目標，例如，建設新台南十大旗艦計畫，逐步完成大台南新風貌以及他的環保理念，將大台南建設為低碳綠能的大城市。在訪談中，我觀察到賴清德的另一個特質，當天觀眾Call-in大部分偏向支持國民黨，但當他在回應時，反應出奇地冷靜，「溫和」中卻又十分有「力度」，連最後四十秒結尾都不慌不忙，清清楚楚地表達他的想法並做結論，極具說服力，果然具有政治人物的條件。

在灣區短暫停留之後，賴清德重回選舉戰場，最後，他不負眾望，以百分之六十點四一的高得票率當選。時隔不久，五都市長施政調查中，他在「好感度」和「信心度」兩項調查中，獲雙料冠軍。有人解讀，他的高支持度多半是因為他是市長「新鮮人」，對民眾有新鮮感，所以吃香。我倒不以為然，畢竟要拿下雙料冠軍並非易事，尤其我曾親身感受到他的政治

魅力。（註五）

在就職滿週年的記者會上，賴清德鼓勵團隊「勇往直前，再接再厲」，帶領台南成為一座科技和文化並容的大城市。「勇往直前，再接再厲」這八個字，正是我採訪他的另一感受，他對從政的熱情、堅毅和謙和，相信是他能在政治生涯中，不斷有出色成績的元素，也造就他成為民進黨內下一顆閃亮星星的最大原因。

註五 由《天下雜誌》2012「幸福城市調查：縣市長滿意度」調查結果，台南市市長賴清德獲得第一，登上「施政滿意度」與「政治支持度」雙冠王。

農夫哲理，水牛精神
——游錫堃

■撥出時間：二〇一〇年十月四日、五日

學習農夫插秧的精神，先問耕耘再問收穫。

——游錫堃

游錫堃

學歷：東海大學政治學系畢業。

經歷：宜蘭縣縣長、行政院長、總統府祕書長、民進黨主席、民進黨競選委員會總督導。

現職：臺灣志工。

專訪臺灣前行政院長游錫堃比我預期來得順利，要感謝舊金山灣區民進黨大老洪順五博士（註一）的熱心安排，讓我不僅能專訪到院長，做了上下兩

註一　洪順五博士為灣區民進黨之友會首席顧問，二〇一六年蔡英文政府設海外發展委員會，洪博士即為委員之一。民進黨籍多位政治人物，都曾接受洪博士的邀請來訪灣區，包括：前行政院長游錫堃、前行政院長謝長廷等人。

游院長的水牛精神，很讚！並感謝洪順五博士（右一）促成這次訪談。

集的目節目，而且院長也願意接受現場 Call-in的挑戰；而在兩集錄影空檔間，院長還得乾坐枯等兩小時，讓我很感動，而且這樣謙和且受人尊重的受訪對象，正是讓我做出好節目的動力。

其實，知道游院長要訪灣區，自是很希望能請他上節目，而且我野心不僅於此，若能做兩集就太棒了！於是我「斗膽」地請洪順五博士盡量安排，也許您會說「海翔，有點貪心了喔！」但，很多事如果不試，就永遠不會有答案，不是嗎？這也是我做節目時，常常給自己打氣的一句話。哈，沒想到天助我也，事情出奇順利。

而這兩小時中近距離和院長接觸，非但沒有感覺游院長有任何官架子，甚至可說他配合度相當的高，人相當客氣謙和。

為何會讓院長乾坐枯等兩小時呢？因為，當

晚八點是做第二集（下集）的預錄，到了晚間十一點才做例行的現場訪談，也就是第一集（上集），換句話說，我們先錄了下集，再現場直播上集，次日晚上十一時才播出預錄的第二集。所以，題目、流程和對談都必須特別注意，千萬不能混淆，要不然觀眾朋友可能會看得一頭霧水，無法連貫。所以我也特別感謝游院長的配合。

當年游錫堃院長是以民進黨五都選舉總指揮身分來訪，僅管他在節目中，對五都選情分析與選舉後的結果，不盡相同，五都選戰分析其實也都有些模糊。但倒是在訪談中，我看到這位院長親民的一面，一改我對他長久下來的嚴肅印象，他幽默，具草根性格以及他的農夫精神，在短短幾個小時中，著實讓我感動。游院長可以說是我採訪過眾多臺灣政治人物中，印象最好，也最深刻的代表之一。

院長的幽默和親民是不做作的。幾個小例子，錄影前，我問院長需不需要上粉，這樣在螢幕前，臉上較不會油，不致於反光。游院長拒絕的方式十分幽默，他說：「我姓游，臉已經夠油，再撲粉還是油所以就不用啦！」另外，在訪談中，他自我嘲諷了一番說，多年前，有一位剛回臺灣的記者，可能對他不是那麼熟悉，竟然在播報新聞時，將他的名字讀成「游錫方方土」，原來當時「堃」這個字在電腦字庫裡找不到，所以就用「方方土」替代，不料，這名記者就直接唸出來，事後有人還懷疑怎會有一位日本名字的官員？

游院長在十三歲時，父親過世；十四歲，開始當農夫，學插秧，這樣的日子過了好多年。或許在別人的眼裡，那是一個純勞動的苦工作，但是，游院長卻從「插秧」領悟出了深奧的道理，每一株秧苗都是彎腰低頭，深深插進土壤裡，一點都不能馬虎，「要怎麼收穫，先怎麼栽；不問收穫只問耕耘」院長將道理延伸為「先問耕耘再問收穫」這也養成了他踏實的個性。此外，農夫常年與大自然為伍，對自然界斗換星移，更加了解其中大自然自有其道，事有先後緩急的哲理。這都是游院長真真實實從當農夫的日子裡所領悟出的「農夫精神」，他並且把它運用在日後的做人做事的態度和和問政上。這種精神也讓他從政踏實，並保有與大自然為伍無為的自在精神。舉例來說，我在節目裡提到院長真的是一位十足親民的院長，一點官架子都沒有；他的回應讓我覺得很貼心，他說自己本就是平民。我問及他和蔡英文的新北市代表民進黨參選之爭時，他表示，參選是一種責任，是要回饋臺灣，但是，黨的決定讓蔡英文出來選，他表示尊重並且強調，只要有能力的人願意出來，服務臺灣就好。至於五都過後，院長表示，他只想當個臺灣志工，服務社會。游院長經歷不少政壇的起伏與變化，在經歷過二〇一六新北市市長選舉，以些微票數敗北，到二〇一七年還是有不少人再勸進他再戰新北市，變的是他在臺灣政壇上的角色，但不變的是他無為自在的「農夫精神」與始終如一擔任臺灣志工的心。

院長上訪談節目，Call-in自然是應接不暇，其中有不少是來向院長挑戰的，在言詞上，也犀利些，有觀眾直言，民進黨在阿扁總統執政的八年裡，成果讓人並不滿意，整天都再忙著做壞事、A錢貪汙，院長還被稱為是阿扁執政的「行政傀儡」，執政成績不理想，五都選戰民進黨必敗，甚至還有觀眾公開指責我不應該請民進黨來上節目等，已到了謾罵之嫌了。我聽了也感到不適，正為院長該如何因應而感到坐立難安。但，院長畢竟是經過大風大浪的人，面對這些尖銳問題，他總是很有風度地面帶笑容，且顯得自信。他言詞從容地說，每個人都有權利表達自己意見，所以觀眾能夠在節目中公開地表示對他的不滿，這是媒體創造的良性溝通平台，何嘗不是《今夜有話要說》在社區扮演的角色嗎？

他也強調，臺灣選舉輸贏不是某一位觀眾來決定，而是臺灣選民共同決定。我在主持台的位置上，觀察院長的應對，也在旁學習。

我和院長相處了近三個小時，他讓我印象深刻，我更加明白，無論工作上或日常生活中，遇到問題時，該如何以不同心態、不同角度來面對和處理。這次的訪談，對我來說，是成功的專訪，更為寶貴的是我又上了一課人生哲學。

達賴喇嘛的洗禮

■播出時間：二〇一〇年十一月十一日

達賴比我想像中的更為親切，他對問題的詮釋總讓人有自我思考的空間，而不是給人一個絕對性的答案。

——海翔

達賴

經歷：諾貝爾和平獎得主。

現職：藏傳佛教格魯派最具影響力人物。

對一個訪談性節目的主持與製作人來說，若能專訪到在國際上具有很高的地位，抑或是極具爭議性和新聞性的人物，是夢寐以求之事，也絕非「興奮」二字足以形容。我十分幸運，因為我這輩子怎麼想都想不到，竟然有機會採訪到這位極具爭議的國際級人物——達賴喇嘛。從我得知有可能採訪到達賴時，我的心情除了驚喜還是驚喜，直到現在，我一想到曾採訪過達賴喇嘛，仍覺得這一切太不可思議了！

其實，專訪達賴喇嘛是我在電視及廣播主持生涯中，最具挑戰的一次。從計畫專訪達賴喇嘛的第一天，一直到他接受採訪，約有三個月的時間，我的壓力不曾斷過，甚至是與日俱增，更如同一場「惡夢」，至於為何從驚喜連連到惡夢不斷，且讓我慢慢道來。

達賴喇嘛是一位極具爭議性的人物，所涉及的人、事、物、都超乎我想像的複雜。前期準備工作的壓力和播出前來自四面八方的「關切」，憑我一個人的力量實在是難以招架。甚至在專訪播出後，仍不斷激起漣漪，正反兩面的反應仍持續發酵，這樣的情況竟持續了半年之久。這前後數月期間，我還神經緊張到以為自己被不明人士監視，像是得了「被害妄想

達賴親切的寒喧，讓我緊張的心情著實輕鬆不少。

達賴為我披上哈達，給了我西藏最崇高的祝福！

症」。

此外，我的另一大挑戰是為了搶得獨家專訪權，所有的安排必須「徹底」保密進行，不能有一絲風吹草動，否則有可能讓採訪破局，所以我連電視和廣播的同事和記者們，都無法告知，這也讓我感到對他們相當不好意思。但我實在別無選擇，傳播圈內資訊交流的速度非常快，一旦有人走漏了風聲，消息就會像墨汁灑在宣紙上般地迅速傳播開來。我很擔心這會對採訪對象造成打擾，甚至我的專訪也不保，這代價很大，所以必須徹底保密，一人奮戰協調，一直到有九成把握能敲定達賴的時間之後，我才敢和副製作人及攝影大哥商量拍攝事宜。

專訪達賴喇嘛的背景故事，要回溯到一家素菜館的桑老闆身上。

每個星期我都有吃素的習慣，也因此和這家素菜館結了緣，在桑老闆好心的引薦之下，我認識了一位師姐，她正是促成這次訪談的關鍵人物，也是居中聯絡達賴喇嘛專訪的人，卻也是帶給我最大壓力的人。

師姐是達賴喇嘛的忠誠擁護者，在她心中，她是想盡辦法要請到一尊神明來讓我採訪。她並不直接與達賴喇嘛熟識，也是透過達賴的助理來幫忙聯繫採訪事宜。我相信，她所承受的壓力並不小於我，我們兩人都處於極大壓力下，都想把節目做好，也因此當我們想法不一致時，都各有堅持，不相退讓，不幸的是，我們對節目該如何呈現，存在著南轅北轍的差距，所以磨擦和不愉快不時出現，而且是極度的不愉快。

我們從專訪的時間、播出日期、重播次數、訪談內容、語氣表達等等所有細節，她都很有意見。我雖尊重她，並感謝她居中幫忙，但是，我有我做節目的方式，而且是不能被「操控」的。我認為她是過分操心，以至干涉我的決定，並且處處顯示對我專業上的不信任；而她則認為整個過程和訪談應該要非常小心，仔細計畫。

每每我在極大的壓力下，就以這幾句話做為安慰：「天將降大任於斯人也，必先苦其心志，勞其筋骨，餓其體膚，空乏其身。」師姐是在訓練我、達賴是在考驗我。曾有好幾次，我累到、氣到想乾脆放棄，不做這個專訪了；但是，我和師姐又似乎都有個不放棄的性格。在不斷地爭執中，訪談的日子卻也一天天地逼近了，但是，我心理的壓力卻是與日俱增。天啊，我開始徹夜失眠了！

我在《今夜有話要說》的主持方式和風格鮮少有台詞，多半是對訪談對象和問題做好功課，其他就是和訪談者在互動中，即興發揮，但是，因為達賴的特殊背景，為避免出錯，引發不必要的爭議，我一一過濾題目，再把任何可能發生的應對做好演繹，甚至寫成腳本記憶下來。

專訪前一天，我是澈澈底底失眠，一整夜滿腦子都在想訪談的內容。早上八點的通告，我凌晨四點就緊張到起床準備。對節目主持人來說，睡眠不足是一件很危險的事，因為只有在精神飽滿的狀況下，才可能應付臨場狀況。疲憊的我對自己一點把握都沒有，信心十分低落。「屋漏偏逢連夜雨」，師姐在採訪前十分鐘又再一次因為內容的部分和我發生了爭執，這對我來說，又是一個「大忌」，爭執不佳的情緒直接影響到主持的品質。我只能不斷地提醒自己，一定要在最短的時間內，讓自己平靜下來。

可以想見，當天現場是忙成一片，所有的工作人員都精神緊繃，比平時來得更戰戰兢兢，一點都不敢掉以輕心。美國政府也派出了保安人員，要求清場安檢。錄影現場一一就緒，靜靜地等待達賴的出現。正當一片鴉雀無聲之際，傳來遠遠的掌聲，頓時打破了緊張的氣氛；終於來了，達賴終於來了！

當達賴喇嘛在我眼前出現時，我有一種難以形容的感覺，他是如此遙遠，卻又如此接近，像是在夢境中。這是我第一次見到達賴本尊，他的微笑和自若的神情，比我想像中的更為親切，也不曉得是為什麼，一站在他身旁，就感覺四周的空氣特別清新，帶有一種奇特的香味。當他看到我的第一反應，就好像見到多年不見的老友，這樣的反應著實嚇了我一跳。或許前世我和達賴早就相識，這次採訪只是再續前緣。待我向他行禮之後，緊張得不知道自己是如何坐上主持座椅的，腦袋一片空白，好像就要窒息了。尊者（對達賴的尊稱）似乎看出了我的不安，他神情泰然，以輕鬆的口吻開始和我話家常，好似在安撫我緊張的情緒，達賴先是對我噓寒問暖，問了些我家庭背景的簡單問題，倒像是他在幫忙我暖場一樣，確實讓我心情頓時放鬆不少。當時，我面前的這位至高尊者其實就像鄰家慈祥的老爺爺般親和，而且他的笑聲還有點像「聖誕老人」呢！

短短的三十分鐘，能談的問題真的很有限，幾個重點像是談到轉世制度有沒有可能結束？是否會發生在別的宗教上？或者是發生在女性身上，換句話說，達賴喇嘛十五世有沒有可能是位女性？尊者先從輪迴談起，輪迴的基礎無法用科學方法來解釋，「轉世制度」區分為兩種：一是自身無法控制，如同一般所說的「投胎」，二是「自願性」轉世，也就是發願要來到人世間；基於此，所以「轉世制度」不會有結束的一天。此外，在西藏傳統中，早就提到女性轉世的問題，他說，雖然現在制度不能有女性轉世為達賴，但若未來大多數的西藏人民可以接受女性轉世為達賴，又如果女性對佛法有幫助，那麼達賴喇嘛十五世為什麼不能是女性呢？尊者對問題的詮釋態度總讓對方有自我思考的空間，而不是給人一個非常絕對的答案。

訪談安排在一大早，也是達賴當天的第一個行程，我們的談話相當順利，一氣呵成，也十分緊湊，否則會影響到接下來的行程。但是，這整整三十分鐘，不容許任何ＮＧ和停機的狀況，這三十分鐘的壓力和緊張，在心情上卻是如幾小時的漫長。訪談結束時，我的背心都濕透到西裝，我徹底虛脫了。回神後，感覺自己終於可以正常呼吸了。尊者臨走前，親手送了我一條哈達，在西藏，這是至高無上的祝福。據說在臺灣只有前副總統呂秀蓮得到達賴的祝福。我是何等幸運，可以得到他最直接的祝福。

完成了一場「不可能任務」，錄完節目後，達賴牽著我的手一塊走出會場。

回首那幾個月的辛苦，我很感謝素菜館桑老闆的穿針引線，更要謝謝那位師姐，從她身上我學到許多在課堂上學不到的經驗：壓力下的爭執、摩擦和口角，還要能完成一份艱鉅的工作，我視之為人生的考驗，在此我特別謝謝師姐，讓我在處理事情的態度上，變得更圓融，更客觀也更有耐心。在對人和對事的態度上，學習和包容不再只是一個理論：「面對它、處理它、放下它」對我來說，更不再只是一個標語，隨緣盡分，萬事盡力，不強求；儘管很難做到，但透過這次的採訪對這幾句話，我有了更深一層的體會，雖然學習過程是痛苦的，但結果是圓滿。

或許至今，仍有人認為我不應該採訪達賴喇嘛，但對於我這樣沒有色彩，且堅守公平客觀原則的主持人來說，能採訪到這樣一位有價值，讓觀眾有所得的來賓，才是最重要的。我相信，大多的觀眾會認同我做了這集的節目，也會支持我堅絕不放棄的用心——採訪達賴喇嘛。

專訪西藏自治區人大常委主任
——向巴平措

■撥出時間：二〇一一年三月十七日

達賴要落葉歸根回到西藏，這不是「人情問題」，而是他什麼時候回西藏、該怎麼回去的問題。

——向巴平措

向巴平措

學歷：重慶大學機械系機械製造專業畢業。

經歷：西藏自治區黨委常務副書記、西藏自治區主席、西藏自治區政府主席、西藏自治區人大常委主任。

現職：第十二屆全國人民代表大會常務委員會副委員長。

對於「向巴平措」這個名字，許多觀眾也許並不熟悉，但他絕對是位「大咖」人物，大有來頭，他是前西藏自治區主席，也就是中共中央派任西藏的最高領導人。對這難得的機會，我稱之為是天下掉下來的機緣。話說，

訪談後與向巴平措副委員長合影。

之前，專訪達賴喇嘛時，受到各方關注，甚至有網友表示，希望節目秉持公平公開的原則，要我也能專訪到對西藏有不同觀點的人士，幸運的是，這個機會沒多久就發生了。

透過舊金山中國領事館的安排，而能在《今夜有話要說》的節目中，專訪到向巴平措。領事館特別安排了一間隱密且不受打擾的房間，讓專訪能順利進行。專訪完畢之後，才請主任接受舊金山灣區其他媒體的聯合採訪記者會。

這是領事館對《今夜有話要說》的特殊安排，我了解他們對此節目的重視，這也讓我覺得與有榮焉。但是，也讓我見識到前所未有的「場面」。在《今夜有話要說》的專訪現場除了26台的電視台夥伴之外，還有中國領事館人員、向巴平措的隨行人員，還有他們自西藏帶來的三到五名的隨行記者，排場可真不小。這種場面和採訪臺灣政治人物很不同，相較之下，採訪臺灣政治人物在排場上就「簡單」、「清爽」許多。最讓我不自在的是，我在做專訪時，現場的每一個人似乎都豎起耳朵，非常「機警」地聆聽我說的每一句話，好像深怕我會問出一些驚人的問題來，他們也一直在注意時間上的掌握，就是一副非常小心謹慎，深怕出了錯的樣子。我甚至偷瞄到隨行記者很認真地在做筆記，記錄向巴平措所說的每字每句。的確，西藏是個敏感話題，又在這樣一個人多、空間有限，又處於緊張氛圍之中，令人神經不由自主地緊繃起來，讓我有一種被監控和窒息的感覺，這種感覺是我專訪臺灣政治人物時較少遇上的經歷。所幸，我已小有經驗，算是「鎮住」了場面！

訪談過程堪稱順利，在此，我也就幾個同時請教過達賴和向巴平措的問題，做一對比分析，在此與讀者分享。我請教向巴平措主任：達賴曾表示要落葉歸根，希望回到家鄉西藏，他如何回應？向巴平措答：這不是所謂中國傳統習俗，人到老終究要回歸家鄉的「人情問題」，而是達賴以何種身分、何時回西藏、該怎麼回去的問題，達賴他究竟是「愛國」承認中華人民共和國，還是搞「分裂」想要西藏獨立？主任也強調，達賴若不再從事政治活動和分裂活動，並承認西藏是中國的一部分，才有可能來談「落葉歸根」。但我心中出現了另一疑惑，我在和達賴訪談時，他隻字未提政治和分裂，我心裡在想，若有一天，達賴退休了，也交出了「政權」，達賴希望「落葉歸根」的機會，是不是大一些呢？這個問題，我當時沒有問出口。另外我在分別專訪達賴和向巴平措時，都請教了有關轉世制度是否會結束，或是傳給女性的可能？達賴在節目中表示，在西藏傳統中，早就提到女性轉世的可能，如果大多數的西藏人民同意現有的轉世制度，而若女性對佛法有所幫助，那麼達賴喇嘛十五世為什麼不能是女性呢？而向巴平措的回答則迥然不同，他說，以藏傳佛教的觀點，達賴的答案是亂了方寸，女性和外國人都是不能的，「這就是種顛覆。」不可被接受。

總括來說，向巴平措在談及西藏問題時，非常堅持中國領土不可分裂的一貫原則，語氣十分強硬；相反地，達賴在觸及敏感問題時，語氣則十分柔和。此外，對於西藏的建設以及三一四騷亂（註一）的影響，向巴平措也做了明確的說明。他承認騷亂帶給藏民負面的影響，但現在自治區正走向長治久安，青藏鐵路的建設更是一個重要的里程碑，它刺激了人口增加、相關產業

註一 三一四騷亂是指二〇〇八年三月份，發生於西藏自治區大規模藏人示威活動。示威活動到了三月十四日在拉薩市內衝突升級，造成多名無辜平民死亡。

發展、公路及航空也同時加速開發。我也順帶提出，在高速發展建設的同時，自然環境是否也受到嚴重的破壞？向巴平措對此回應，其實在十一五和十二五的規劃中，中央有大筆經費來支持西藏，在開發同時，已明確地為生態保護下足了功夫，以確保西藏的碧水藍天。說到此，還順帶邀請我，有機會也去西藏走走看看。

站在一個中立主持人的立場，我覺得，在西藏這個複雜又敏感的問題上，不同聲音的雙方都有機會透過同一媒體，同一節目來陳述各自的想法，讓觀眾很清楚聽到兩方不同的聲音，是件讓我很高興的事。對我個人來說，除了更進一步了解西藏問題之外，更有千載難逢的機會採訪到兩方的重要人物，無論在這個平台上，大家各自發表的意見如何，我願意說，事件中所有的人，包括兩位受訪者、觀眾和我本人都是贏家。

二次專訪金溥聰

■撥出時間：二〇一一年九月十九日、二十日

他在輕鬆的言談裡，仍處處顯見犀利及十足的智慧，果然不負金小刀的稱號。

——海翔

金溥聰

學歷：國立政治大學新聞系畢業，美國德州大學奥斯汀分校新聞研究所博士畢業。

經歷：台北市副市長、國民黨祕書長。

馬英九、吳敦義全國競選總部「台灣加油讚」執行總幹事。

中華民國駐美代表、國安會祕書長。

現職：總統府資政。

由於當年五都（註一）市長選戰以及二〇一二年總統大選的原故，讓我有機會和榮幸兩次專訪到時任中華民國駐美代表金溥聰。第一次採訪他時，他是以國民黨祕書長的身分接受採訪。第二次則是以「台灣加油讚」的執行長的頭銜受訪。對我來說，這兩次的經驗截然不同。第一次採訪他時，我剛接手主持《今夜有話要說》沒多久，電視採訪經驗並不多，加上出外景採訪，人在「異地」，並不在自己熟悉的攝影棚內，種種環境因素，讓我相當緊張。加上自己對議題的熟悉度信心不足，採訪過程可說是冷汗直流。哈！我第二次也是冷汗直流，但是在完全不同的情況下。

話說，第二次採訪是在隔年二〇一一年九月十七日，這次採訪不敢說信心滿滿，但相較於第一次，對現場的掌握、議題的熟悉度、主持的技巧，自己都覺得有把握許多，畢竟距上次採訪他也經歷了一年多的時間，總該有些進步了。但，為何還是冷汗直流呢？

真正的原因是我在採訪金溥聰的前兩天，在高速公路上，出了不大不小

註一　五都：是指再中華民國行政院規劃下所成立的五大直轄市包括：台北市、新北市、台中市、台南市及高雄市。後又新增桃園市為第六都。

的車禍，對方竟然在尖峰時段，在所有車子都以極慢的速度，甚至是停止不動的塞車情況，以非常快的速度從後方撞上了我。撞上的瞬間，我以為時間就此靜止不動了，車內所有物品就在這刻停滯在半空中，幾秒過後，又以極快的速度散落在車內每個角落，這種感覺就像是電影「駭客任務」裡的特效情節發生在我身上一樣。我被這突如其來的撞擊驚嚇到胃部在那瞬間疼痛抽筋，全身鬆軟不能動，唯有意識還算清醒，但是我的腦袋根本無法控制我的身體和四肢，我坐在車內大約有五分鐘之久，等回過神之後，第一個念頭就是看自己有沒有受外傷，接著就是尋找車內的手機，再以吃奶的力氣，趕緊拍照存證，並要求對方出示保險等相關文件。

與此同時，我也連絡警方到現場處理。理智的情緒沒能撐多久，就完全沒力地坐在一〇一高速公路（註二）當中，等待警察的到來，壓根沒想到把車子開到路肩。這是我生平第一次毫無顧忌、大大方方地看著呼嘯而過的車輛，也不懂得害怕，忽然間，自己有種享有特權的感覺。不過，我對於造成

註二　一〇一高速公路：美國國道系統當中，最西邊的南北向公路。是加州各級公路當中最長的一條，也是往返舊金山和聖荷西（矽谷地區）的交通動脈之一。

交通事故而阻礙了交通，感到相當的抱歉。

說起來，這起車禍讓我受到很大的驚嚇，內傷讓我全身疼痛將近三個月，但並沒有嚴重的外傷，已是不幸中的大幸了。另外肇事者也承認是因為他的疏忽而造成事故的發生，我們沒有爭執，平和處理第一現場的狀況。

發生事故的時間是一個星期四的下班巔峰時間，晚上的節目也因為我的車禍而被迫緊急取消，事故發生不到兩天，也是一個星期六的下午，我必須採訪金溥聰，這是幾個月前就安排好的專訪，從時機來說也是一次重要的採訪，實在不想取消，所以決定負傷做好這一

同時專訪前立法院副院長，現任國民黨祕書長曾永權和金溥聰。

第一次「學生」採訪「老師」，心情緊張又興奮。

集的節目。開錄前，我都還是帶著護頸，直到錄影才將護頸拿下。採訪過程中，我的頸部和身體的右半邊都很僵硬，不太能移動，而且還隱隱作痛，冷汗直流。事後金執行長知道我出車禍了，還對我說，難怪剛剛訪談的過程中，他都覺得我脖子似乎不太自然。

這次採訪也多了一位重量級的嘉賓，前立法院副院長曾永權也是當時的國民黨祕書長，由他率領國民黨訪問團從華府到舊金山灣區，除了拜會智庫與國家安全會議資深官員，觸及軍購和免簽等多項議題外，也為馬英九總統競選連任造勢。密緊的拜訪行程，時任的曾副院長笑稱這個訪問團既是超人團也是「操人團」。其實，副院長是抱病接受採訪。在訪談過程中，曾副院長曾多次因嚴重咳嗽而不得不停機，待他稍適休息，拭拭額頭的冷汗，喝了點溫水，就跟我說，可以繼續做節目，我看了十分不忍心，也為他這樣的誠意而感動。

曾永權抱病上節目，令我十分感動。

那一次的訪問團被媒體形容為「總統選戰跨海延燒，小刀在美戰小英」我在訪談內容的設計上，有部分是圍繞在金執行長和小英蔡主席身上，例如，蔡主席主張的臺灣共識等。金執行長始終都是持著強烈的批判態度。另外，媒體也曾報導過金執行長曾說，馬前總統連任後可能訪問中國，這番話引爆綠營強烈的質疑，金執行長藉著在節目中，再次強調這是媒體移花接木的結果，與事實有所出入。幾年下來，這些是非對錯，也經由時間一一被證實。馬前總統並沒有在連任後訪問中國，卻是在即將卸任時，在新加坡與中國國家主席習近平會面。「馬習會」也創造了兩岸和平的一個高峰。

其他所談論的問題包含範圍很廣，例如，維基揭密、美國對台售武的態度、馬總統競選主軸等，二位都一一詳答。金執行長的風趣讓嚴肅的氣氛緩和了不少，讓我見識到他輕鬆幽默的一面，例如，他說，自己真正領教到曾副院長的好口才，他形容，副院長的演說唱作俱佳，就像一首慷慨激昂的軍樂交響曲，而他自己的演講相形之下只能稱為小品小曲罷了。金溥聰也常常說著說著，十分入神，就忘了方才談了什麼正經事兒。

在第二次採訪金溥聰時，我不再特別緊張，也和他多了一分熟悉感，也覺得他比上一回親切。我很高興他對我還有印象，大概和我們有些共通點有關吧，他曾是文化大學的教授，我曾是文化大的學生，雖然沒上過他的課，但私下我仍尊稱他一聲老師。

這兩次專訪金溥聰，都要感謝國民黨海外部副主任鍾維君先生的細心安排，日後許多國民黨重量級嘉賓來訪灣區，例如：前副總統吳敦義等人，都是透過他的安排，讓我有機會能夠專訪這些嘉賓。兩次訪問金溥聰，除了幸運，也讓我有機會對自己的主持技巧和功力超級比一比。第二次的訪談，我更自在、更得心應手，這一回除了出車禍的因素多少影響這次訪談之外，可說是一次成功的訪談。ＹＡ～成功！

Part 4
點亮生命中的每刻感動

「培」君歡樂過耶誕
——主播廖培君

■播出時間：二〇〇九年十二月二十四日

「做，就要做到最好。」這是廖培君對我的工作態度的觀察。但卻是我從她身上學習到的。

——海翔

廖培君

學歷：舊金山州立大學，主修大眾傳播。

經歷：先後任職於灣區商業電台與星島中文電台，主持並製作現場新聞節目。一九九七年加盟KTSF電視台，製作主持節目「全方位接觸」，內容廣羅科技、人文和娛樂。之後轉戰KTSF新聞部擔任國語新聞主播，也是舊金山灣區最具代表性的主播之一。

現職：全職媽媽

認真的工作態度是我在培君身上學到的。

二〇〇九年的聖誕節，是我正式接下《今夜有話要說》的第一個聖誕節，很想有些突破，帶給觀眾一點新鮮感。另一方面，年底通常是新聞的淡季，按照正常情況，惹事生非者也較安分些。加上迎新送舊，年底新聞多以回顧與展望為主，那麼聖誕節在即，又有那些主題是既符合節目調性又特別呢？總不能又淪落到大家口中常說的：特別節目就是特別爛的節目吧？的確，傷透腦筋！

結果，我竟在一段和副製作人吳啟光無心的對話中，腦筋動到了本台國語台的新聞主播——廖培君。

主播報新聞時，總是一副嚴肅、專業，鮮少有笑容的形象，但螢幕下的那一面，肯定是眾所好奇的，再加上本台主播始終擁有高人氣指數，那麼「主播私生活大揭祕」、「主播如何過聖誕」，肯定會有看頭。嗯，沒錯!!一定會有看頭。根據這邏輯，我推測，這集節目推出一定會大受歡迎。不過，問題是當時我和廖培君並不熟，在工作上並沒有太多交集，她播報完新聞下現場，剛好是我的節目正要開始。不瞞各位，我初見她時，總覺得她很酷，不太容易親近。因為她是台裡的台柱，灣區最受歡迎的主播。她到底會不會接受我的邀請呢？這可是一大問題。

沒想到，培培（之後我都這樣叫她）非常豪爽，一口就答應我的邀請，令我喜出望外。節目原定的題目是「陪〈君〉歡樂過耶誕」，正準備大肆宣傳，結果，經美工大哥妙手一改，成為「〈培〉君歡樂過耶誕」，這一字的變動，是大大的加分，也讓主題更明顯、更貼切。

經過這次的合作，讓我深刻感受到，培培對事情的認真和要求百分百完美的工作態度，讓我從她身上學到新聞傳播人應有的敬業態度。這種精神和態度，至今也一直影響我。很高興，這集節目創下我主持《今夜有話要說》的最高收率，且維持了兩年之久，後來是與另一個專訪打平，所以，至今尚未有其他專訪超越呢！

以下對話是節選於電子郵件裡，我和培培對節目內容的溝通。她花了不少心思，並提供了很好的題材。從工作到私生活、從戀愛到結婚等等，半小時的節目，我們努力地讓節目豐富多元，有看頭。培培在工作上的準備以及認真的態度，都是我做節目的最佳典範，和她的合作，更讓我不敢掉以輕心。此外，令我高興的是，藉由那集的節目，我進一步地認識她，而且在往後的日子，她對我的照顧，讓我很感激；讓我在同業中交到了一個好朋友。幾年後，她急流勇退，為了家庭毫不棧戀主播台上的光環，毅然決然地裸退，離開灣區新聞界，當起了全職媽媽。剛開始幾年或許會覺得太大膽、很可惜，但現在時常在臉書上看到她的訊息，知道她過得比擔任主播時的日子還快樂許多，相信她做了一個正確的選擇。

原汁原味的對話，希望各位也能感受到我和廖培君當時如何認真地「玩」出那集聖誕節的特別節目。

我正式邀約培君上節目之後，這是她給我的第一封回覆：

培培寫給海翔：

以下是節目內容的建議，提供你參考。

Segment 1

如何過聖誕：

1. 出生在基督教家庭，小時候都過聖誕節。
2. 新聞從業人員過節不休假，公司提供大餐。（有照片）

聊新聞部吃的文化。(舉凡節慶/生日……連外國人都會講的口頭禪:您吃了嗎?)

最想怎麼過聖誕節?

心理測驗。

Segment 2

小時候的夢想是甚麼?何時定下當主播的心願?

看成長影片。

今年入新聞部剛好滿十年,談工作中難忘的經歷:

1. 剛入行在星島中文電台當記者,下午外出採訪迷路到半夜……。

   座右銘:我不入地獄誰入地獄。

2. 在臺灣報導雙十因技術問題被晾在現場很久……很糗,難過很久。

3. 觀眾都關心些甚麼?(「和」字兩岸發音不同/懷孕的誤會/放屁事件)

Segment 3

冬季戀歌。（有照片）

老公是甚麼樣的人？

上班日夜顛倒，家裡誰下廚？

婚紗照大公開。（跟郭台銘同一家婚紗攝影公司，同一個老師拍的）

Segment 4

談生活：

1. 聽說妳喜歡買電視廣告商品？
2. 如何紓壓？（打掃／養貓／旅遊／製作photo book）
3. 播貓影片／貓素描／自製貓玩偶。

新年新希望。

海翔回覆給培君：

培培姐：

謝謝妳的幫忙，題目順序我重新排過，希望是以聖誕節來包裝這次專訪，希望妳會滿意這樣的編排。另外有幾個問題想先和妳報告溝通一下：

第一　節目中我就不稱妳培培姐，叫培培，可以嗎？

第二　心理測驗，我有可能會抽掉，怕時間不夠。

第三　妳可以帶自製貓玩偶嗎？

第四　妳提供的影片有妳的出生年分，要不要拿掉？

第五　節目主題名稱可能會用：主播「培」您歡樂過聖誕。還在努力想，每天生一集標題真的有點難，妳有沒有好的想法呢？

培培回覆給海翔：

Hi, Jaron：

以下回答你的問題，

可以只叫培培，我也不必回敬叫你海翔哥了。

心理測驗不玩沒問題。（備而不用吧）

貓玩偶和素描我都可以帶來。

你下的標題簡而易懂，我沒特別意見。
我的成長影片有數位檔，也有ＤＶＤ，要哪一種格式？（貓影片只有數位檔，要燒ＤＶＤ嗎？）

另外我想到可以加一個問題：
結婚後有沒有跟老公討論冠夫姓的問題？
（小故事：老公意有所指問過我，我回答讓貓冠他的姓了事……從此Neon Liao變Neon Lin）
節目順序你安排就可以了，我覺得很好喔～
煮飯去……Pei

汪汪喵喵，愛與歡樂過耶誕

■播出時間：二〇一一年十二月二十二日、二十六日

和我的狗兒子，流浪犬Buster生活在一起是一件快樂無比的事，不是我讓牠幸福，而是牠讓我生命更美滿。

——海翔

做節目最怕遇到小孩和動物，場面難以控制是無法想像的！但，相對地；這也是它好玩且具有挑戰的地方。若真能請寵物上節目，可就創下《今夜有話要說》開播十二年以來，第一次有寵物上節目的場面了。沒錯，我主持的《今夜有話要說》第三年聖誕特別節目，邀請到的嘉賓就是「牠們」。

其實，每一年策劃特別節目讓我傷透腦筋，結果竟在一個偶然的機會下，看到一張小貓和小狗穿著聖誕服飾的照片，我靈機一動，打上我們家狗兒子Buster的主意，請「牠」上聖誕特別節目，就是要再度打破特別節目就是「特別無聊」節目的迷思，而且，連續兩年的聖誕嘉賓都邀請到台內的主播廖培君和陳捷，都是十分成功，那麼，第三年該換那一張王牌呢？可真讓

旺旺喵喵一塊兒與獸醫Teresa Luther（中）和義工徐曉妮（右）歡樂過耶誕。

我陷入窘境。

雖然我家狗兒子不能拒絕我，但我可無法與狗對話；「寵物」當「紅花」那就要為難「人」來當「綠葉」了。找「綠葉」又是一個大問題，這位仁兄或仁姐的專業必須和動物有關，且又能說中文。我鎖定在舊金山內能說中文的獸醫，這樣的條件已十分困難，還要說服他們上節目，難上加難。尋尋覓覓的過程中，我找到兩位會說中文的獸醫，其中一位果然讓我吃了閉門羹。我並不認識他們，但心裡抱著一些期望，希望他們不是為了主持人而上節目，給海翔面子，而是希望他們能在節目中，貢獻一己的專業知識，服務華人社區，這也是《今夜有話要說》最重要的目的之一，這樣的想法往往也是我說服來賓上節目的主要理由。

雖然請這集的嘉賓特別不容易，但我很高興，不僅請到一位願意盡全力說好中文的獸醫Teresa Luther來談貓狗保健，還邀請了流浪貓、流浪狗收容所的義工徐曉妮分享流浪貓、流浪狗的問題。我們把這集節目名稱訂為「汪汪喵喵愛與歡樂過耶誕」，共花了兩天的時間，錄製上、下兩集，並選在聖誕節前後播出。

義工徐曉妮談了幾個可憐又感人的故事，好比：有主人為了不讓他們遺棄的寵物找到回家的路，就開車行駛在高速公路上，硬生生將牠丟出車外，可憐的小狗根本還來不及反應，就被來車追撞。想想，這何其殘忍。當義工將這條狗救活之後，牠竟懂得感激救牠的人，這是多麼有靈性的生命呀！真不知那些遺棄貓狗的主人腦袋到底在想什麼，竟做出如此人神共憤的事呢！她也提到，全美每天有十萬隻的貓狗被人道消毀，這樣驚人的數據，您說，我們是不是該重視遺棄寵物的社會問題呢？

其實，我們家的狗兒子也是流浪犬出身，牠在被收養前後，外貌神情已是天壤之別。我雖然不敢說Buster現在非常幸福美滿，但，總有一個安穩又溫暖

Buster曾經也是流浪犬，經過我收養，現在也健健康康。

的家。對我來說，收養牠是一件對的事、一件快樂的事，這樣的想法讓我在製作這兩集節目時，心中充滿一股熱血，想藉著這樣一個充滿溫暖、充滿愛的節日裡，呼籲觀眾朋友，不論您喜不喜歡寵物，都可以一起來關心流浪貓狗的問題。

除了談「愛」，我可忍不住與大家分享，我和狗兒子一同錄影的失控場面。第一天錄影時，咱們家的狗兒子的睡眠時間到了，所以大半時間都呈現瞌睡狀態，好處是，牠很乖，不吵不鬧，只是一股腦兒地往我懷裡鑽；壞處是，「兒子啊！你怎麼可以在這節骨眼上在節目裡睡覺呢？太不給你老爸面子了吧！」

第二次錄影時，狗兒子睡覺的情況改善許多，精神狀況很不錯，可能是對錄影環境熟悉了。但，牠似乎和另一隻狗來賓不太契合，私下已吵成一團，我很怕牠們在台上互咬起來，釀成場面失控。另一位來賓帶來的貓咪還會欺負狗兒，趁著狗兒不注意時，挑釁偷襲牠，讓人十分擔心貓、狗也會在節目中扭打成一團。各位在螢幕上可看到我們故作輕鬆狀，抱著寵物聊天的畫面，這可是高難度的動作，再說，貓貓狗狗不懂得看鏡頭，好比我們家的狗兒子根本不喜歡打扮，穿戴聖誕裝，不斷地想要掙脫牠頭上的鹿角，諸如種種意想不到的狀況，讓我們錄製第一集時，心情緊張，很難集中精神，我甚至發生叫錯來賓名字的尷尬場面，所幸，第二集時，所有人、事、物都很快地進入狀況，節目流暢許多，效果倍增呈現。

節目終於順利錄製完成，我拍胸保證，這兩集節目不但充滿歡樂、緊張十足，且達到宣傳「愛」的目的。在這充滿溫馨充滿愛的季節裡，推出聖誕節汪汪喵喵寵物王牌單元，溫馨滿盈，挑戰成功！

平凡中最深的感動

人生如戲，戲如人生，用心盡力經營好自己的生命舞台，它不一定是彩色，也不一定是黑白，但肯定會是精彩充實。

——海翔

《今夜有話要說》並非全是名人舞台，常常，我也在尋找一些看似平凡人物所走出的不平凡的感動人生。這些故事的主角不是達官貴人，也非紳士名流，只是平平凡凡過生活的人，但，他們的故事卻是溫馨精彩也令人為之動容。現今社會充斥著暴力及負面消息，我不是自命清高或曲高和寡，但，媒體自律總是讓我有一些責任感，希望盡一己之力，帶給這社會一股清流、一些愛、一些鼓勵及一些正面能量。以下這些人物故事就是在這樣的想法之下，製作出來的節目，希望這些在逆境中成長的故事，能為我們的人生帶來溫暖、加油和打氣。

二〇〇九　撼動人生

■撥出時間：二〇〇九年十二月二十八日

來自中國的曲淑賢小姐曾經是一位成功的財務經理，和多數人一樣，為了一圓美國夢，在二〇〇〇年，和丈夫及年幼的兒子來到美國，準備一切重新開始。二〇〇五年，丈夫的外遇，讓他們的婚姻關係跌到了谷底，正在考慮離婚時，她卻發生了一場嚴重的車禍，命在旦夕，近乎奪走了她的一切，原本以為的美國夢，卻成為她人生中無法承受之痛。

車禍導致身體內傷，多處骨折和錯位，不僅受傷痛的折磨，更讓曲淑賢失去了工作，陷入了財務危機，在破碎的婚姻中雪上加霜，讓她陷入絕望的深淵。在療傷的四年當中，丈夫從未出現，她獨自在醫院忍受身心的傷痛，但更令她精神上飽受煎熬的是離婚官司極可能讓她喪失兒子的監護權。

曲淑賢沒有多餘的錢聘請律師，沒有律師的辯護，加上語言障礙和傷病纏身，沒有人認為她會打贏這場官司，但，母愛的偉大就在愈難困的環境下，愈顯強韌。她沒有倒下，反而愈挫愈勇，一股不可敵的力量，讓她獲得了孩子百分之百的監護權。

二〇〇九年，曲淑賢終於戰勝了命運的安排，不僅獲得了兒子的監護權，也撫平了她曾經絕望的情緒，更令她興奮的是她取得一份全職工作。雖然車禍之後，醫生並不建議她繼續工作，但擊不倒的她再一次證明她堅持自立的精神。她，戰勝噩運，重新出發。

當我看見媒體報導時，就希望能邀請曲淑賢上節目。她並沒有爽快地接受訪問，而是處在猶豫與不安中。我十分能夠體會，因為一次的深度訪談，對她來說，又何嘗不是再次傷害？曲淑賢在長考之後，我也一再保證不讓她受到傷害，才終於說服了她。

在節目上的曲淑賢充滿著感恩，而沒怨懟命運的不公，她透過訪談，感謝幫助過她的人。一顆誠摯而感恩的心，一條克服坎坷的人生路，一位為兒子不惜一搏的母親，我把曲淑賢的人生故事安排在二〇〇九年的跨年之際，希望能為一些仍在與命運不順而努力的朋友們加油打氣，希望人們在人生道路上出現困境時，也能像她一樣勇敢地堅持下去，能積極樂觀地來迎接二〇一〇年的到來。

曲淑賢又一次勇敢的站出來，希望鼓勵更多與她有類似經驗的朋友，能分享他們自己的故事，在此，我再一次謝謝她，也再一次向她致敬。

永不放棄　走出自閉的世界

■播出時間：二〇一〇年四月二十九

自閉症的患者和家人是剪不斷理還亂的牽連。任亦維，David 在四歲半時，被診斷出有自閉症，他的成長和學習過程和一般孩子截然不同，父母辛苦的一面，只有親身經歷才能體會。但，任媽媽卻不怨天尤人，反而勇敢面對而且永不放棄，兩人一起努力，走出自閉症的世界。

訪問任亦維，是非常特別的經驗。他和一般孩子不一樣，他好乖、好聽話，也很單純，訪問他時，我覺得自己好像在與天使對話。任亦維知道自己在語言和社交上和同伴不同，但，透過音樂和藝術的治療及學習，讓他找回了信心，更發現了他的藝術天分。書法老師在教任亦維的第三堂課時，就發覺左撇子的他是書法天才。不僅於此，除了書法、素描，任亦維還會鋼琴、古箏、豎琴以及吉他等七種樂器。這絕不是一般人可以做得到的。「老天爺關了一扇門，卻幫你開了另外一扇窗」這句話何嘗不是他的真實寫照？

任亦維的母親陳韻如的堅毅，不僅僅從她教育任亦維身上看到，五年前，她承受喪夫之痛，先生因癌症過世，她沒有軟弱的權利，在節目中，她談及如何面對人生挫折的心路歷程。任亦維失去了父親，哥哥任峻德正在唸高中，他對弟弟更加呵護，對母親格外體貼照顧，亦維也愈漸成熟，都讓陳韻如非常安慰。雖突然失去家中最大的依靠，但亦維和媽媽、哥哥更懂得珍惜彼此，全家一條心。她曾說，先生加入初創公司，辛苦工作，也是為了讓任亦維能有更好的照顧；這一路，她知道唯有「面對」。

陳韻如坦言，剛開始要面對兒子是自閉症時，很難調適，但，她現在常常奉勸有類似問題的家長不要逃避，寧可早知道也不要晚知道，寧可信其有也不要認為是誤判。自閉症是小孩子全方位發展的一個遲緩，若在發現自閉兒的第一時間，就採取正確的行動，將孩子帶回正軌的機會就很大了。陳韻如也建議，家有自閉兒，家長要保有「頭腦冷、心腸熱」的態度來幫助孩子，更要「看著辦」，就是觀察、沉著、耐心以及執行。她希望，有同樣狀況的家庭都能不放棄繼續向前行。那或許有人會問，任亦維成功走出自閉的世界嗎？陳韻如帶著微笑說，「還差一點點。」但可以確定的是，他們一家人是會繼續在這條路上奮鬥。這集的節目是在任亦維十七歲生日前幾天播出的，他許下生日願意，就是希望可以到臺灣度假，也希望長大後，可以幫助其他自閉症的朋友，一塊兒走出自閉的世界。

認識陳韻如與任亦維這對母子，前後加起來應該超過七年的時間。這段時間看到任亦維在舊金山灣區華人社區裡相當活躍，參與各式活動，成長不少。甚至後來開了小型音樂會和書法展，成績斐然。後來有機會在廣播節目中再一次訪問到這對母子，很高興看見任亦維變得更有信心，不變的是他那顆赤子之心。媽媽陳韻如，也許因為時間的磨練，多了一分果敢堅毅。訪談中，我知道他們至始至終從未放棄，還在「走出自閉的世界」這條路上繼續奮鬥，加油！

毒海重生

■撥出時間：二〇一〇年六月十七日

沒有靠藥物治療、沒有心理醫生，也沒有戒毒所的幫助，全憑意志力、宗教的力量和回饋社會所得到的快樂，戒掉將近二十年的毒癮；同時樂意將這段戒毒的過程和大家分享，鼓勵所有有類似情況的人，能走出黑暗，站在陽光下；一塊在人生的道路上共同奮鬥，他——柳經奎戒毒的故事，令人佩服。

柳經奎大哥，少年得志；三十八歲就在灣區核桃溪市開了第一家，也是該市最大的中國餐館。開幕當時，政商名流，冠蓋雲集，相當威風。最風光時，他曾經同時經營五家餐館，卻因為染上吸毒惡習，事業一敗塗地，「餐

館皇朝」一步一步走向毀滅。將近二十年的吸毒日子裡，他欺瞞妻子超過十年以上，當妻子得知丈夫竟然吸毒後，不僅有一種被欺騙的感覺，更是超乎絕望的沮喪。不僅如此，毒癮帶來的負面影響，不是我們能想像得出來的，家庭破碎、負面思想，以及社會對孩子的看法等等，愁雲慘霧，陷入悲慘深淵，無法自拔。柳經奎大哥的毒癮嚴重到母親生病他不管，父親過世他不傷；他自暴自棄。但女兒的一句如當頭重棒敲醒了他，那是女兒發自內心的呼喚：「爸爸，我愛您！」帶給他戒毒的動力。

柳大哥回首這段戒毒的路，家人的看守和接納是幫助他從黑暗邁向光明最大的支柱。「癮」本身就是一種會毀掉人生的綑綁，酒癮、毒癮、賭癮，不論是那種癮，如果沒有意志力，沒有家人無怨無悔的支持，是不可能成功地戒除「癮」的。節目中，柳大哥也再一次強調，回饋社會帶給他很大的快樂，這也是他一直都能遠離毒品的最佳良方，也因此他不斷地盡一己之力來回饋社會，他把自己的這段戒毒路自費拍成了一部短片，四處演講，心得分享，用這種最實際的方法來幫助別人。

我的慢飛天使

■播出時間：二〇一一年四月十三日

訪問過許多克服生命不順遂的朋友，但，這對夫妻的遭遇，讓我無法想像世上怎麼會有這麼不幸的人？如果事情發生在其他人身上，是不是也能像他們一樣堅強地走過來呢？

林照程、蕭雅雯，兩位優秀的音樂家，是才子佳人的結合，他們也期待著下一代有著和他們一樣優秀的血統。沒想到，不幸事件在婚後接二連三地發生。大女兒詠晶的誕生帶給了這個小家庭第一個震驚，詠晶被診斷出是遲緩兒，原本迎接新生兒的喜悅頓時被愁雲慘霧所籠罩，他們必須面對這個殘忍的事實。當時，這對高學歷的夫婦很理性地諮詢醫生許多相關

的問題，女兒的遲緩現象不是基因造成，不是染色體，也不是遺傳所致，純粹就是一個「意外」，也因此，在醫生的鼓勵下，兩人又有了第二個愛的結晶。但是，老天爺像是開了玩笑似地，無情地讓二女兒逸華竟也和姐姐一樣，是個遲緩兒。殘酷的事實澈底擊潰了這對夫妻原抱著一絲希望的父母。家裡有兩個遲緩兒，即使學識再高，經濟條件再好，都會為了孩子亂了分寸，散盡所有家產。

醫學的治療無法幫助兩個女兒，更無法給這對夫妻任何信心，求助無門，他們求神問卜，甚至通靈，任何另類療法樣樣都來，只要有可能讓女兒好起來的方法，能做的都做了，就是不願意放棄任何一個機會。這片用心竟讓詐騙者有機可乘，他們受過騙，上過當，即使被騙了無數次，都寧可抱著姑且一試的心態，一試再試。

林照程為了治癒這雙女兒不惜和地下錢莊借錢，甚至到負荷不了而有了自殺的念頭，夫妻的恩愛關係，也隨著愈來愈多無法解決的問題導致讓兩人距離愈來愈遠。雅雯的母性讓她更堅強，而照程的男性自尊卻轉而逃避的心態，兩人漸行漸遠，原以為的相互依賴，卻成為彼此發洩對命運不滿的對象，兩人處於極為痛苦的處境。

一九九七年，這家人的生命中，出現了另一個重大的轉變，在絕望之際，雅雯親耳聽到二女兒第一次親口叫了一聲「媽媽」，這在平常家庭裡再平常不過的一句稱呼，卻是她足足等待了七年。這一聲「媽媽」讓這個家又再度出現了一線曙光。故事至此，您或許以為，這一家人從此漸至佳境。熟料，他們的人生悲劇並未結束。

二〇〇五年的三月五日，林照程和蕭雅雯帶著他們所成立的天使心基金會的志工，到臺灣新竹山區的司馬庫斯（泰雅語：Smangus）進行兩天一夜的志工營會，六日凌晨三點多，傳來噩耗，大女兒詠晶病危，正在進行搶救，情況很不樂觀。這樣的一通電話，林照程還以為是另一場騙局，直到友人在電話另一頭的親口證實，他才確定出了大事。

原來，那天夜裡，發生了強烈地震，當家裡的外勞醒過來，要去檢查詠晶是否一切可好時，突然間發現詠晶已經沒有了呼吸，她是在睡夢中非常平靜地離去，至今死因不明。

那夜在山上，是夫妻倆最黑暗也最漫長的等待，厚厚的積雪讓他們無法下山，直到早上八點半，太陽的溫度融了冰霜，才得以下山。一路車程的煎熬，趕到醫院，見到的是詠晶冷冰冰地躺在太平間的冰櫃上，做為父母情何以堪？又如何能接受這個事實？出家門時，大女兒不是還好好端端的嗎？怎麼就這麼孤零零地躺在這冰冷的地方，再也喚不回來了呢？

一直到現在林照程、蕭雅雯夫妻兩人始終不明白詠晶離開他們的真正原因是什麼。當時她的身體狀況算是不錯，究竟是在什麼樣的情形下，離開他們的呢？詠晶十四年的生命中，沒有說過一句話，但是她用短暫的一生，改變了林照程、蕭雅雯對人生、對生命的觀念和態度。詠晶用她的生命提醒了世人去關注和她有同樣遭遇的孩子，她像一名可愛的小天使，影響著她的父母親和周遭的朋友去幫助這些孩子們。詠晶用她不長的生命寫下了美麗的人生詩篇。

這對夫妻勇敢克服命運的不幸，這股堅強的毅力並非常人所及，卻是我們在生命中學習的對象。不幸的惡魔有叩門的時候，幸福之神也有眷顧之時，當新的生命又再度來臨到他們的生活中，他們心中不知該喜是悲，是試鍊還是慰藉，當雅雯懷了第三胎，他們掙扎、恐懼；但或許是對生命的歡喜接受，決定勇敢面對這份禮物，美恩的健康出世讓他們充滿著對生命苦盡甘來的喜悅；二〇〇六年，美恩又有了一個妹妹亦恩，和她一樣健康活潑。在夫妻的心中，她們就像姐姐詠晶派來的兩個小天使，慰藉他們的心。

這裡的篇幅有限，其實，發生在他們身上的感人故事還很多，看看他們所著的書《我的慢飛天使》，相信您除了感動，也會多一份對生命的堅強信念。

感恩惜福，遇見幸福，迎向成功

■撥出時間：二〇一一年十一月二十四日

感恩的心是可以表現在隨時隨處！

這集節目請到三位嘉賓，其中兩位是來自中國農村貧苦家庭的高材生，李昇錦和李勇青，兩人都是領取國家公費到海外讀書，第三位則是中

國人民大學農村發展學院的老師仝智輝。

雖然李勇青家境清寒，但能見到如此勤儉的年輕人，真的很難得。她挑撿鄰居的舊衣服，而且一口氣從初中穿到博士後，成人之後，她仍沒有虛榮之心，珍惜一點一滴的資源，大概在二十一世紀充滿富二代的大國度裡已如鳳毛麟角了。

他們不覺得自己擁有得少，相反地，他們感恩惜福。兩人留學的目標都是一心想著，如何學成歸國，報效祖國。當被問及，同學之間總有「比較心」時，會不會萌生忌妒心或自卑心，甚至有不如人的難過之感？兩人以樂觀積極的態度給了我一個答案：原來在他們的心中充滿著「成就感」；正因為他們與大多數的人在求學和生活條件上起跑點落後了，在極有限的條件下，如今卻可以站在同一個平台上競爭，甚至超越了許多條件比他們好的人，他們不僅不自卑，反而懷著一股驕傲。突然間，我覺得眼前的他們是那麼地「高大」與「富有」。

藉著曲淑賢的故事把希望帶給在失望中的人，讓他們能樂觀向前。而我特別選在感恩節播出這集清寒孩子努力向上的故事，希望藉由這兩位高材生美好的心態，走出貧困，奮發向上，感恩惜福的故事提醒我們，知足惜福。許多生活物質條件比我們差的人，可能在各個我們看不到的地方，兢兢業業，創造自己的美好人生，甚至出人頭地，他們不斷地懷著感恩之心，努力向前，而我們大都資源不虞匱乏，又為什麼不能知足惜福？反觀，現在資源的浪費，人們普遍生活條件好，視享受為理所當然，反而惜福的觀念越稀薄了！

黑暗中依舊美麗

■撥出時間：二〇一二年六月十三日

訪問范安強的故事是在寫完「平凡中最深的感動」的五個故事「截稿」之後許久才發生的事。內心非常掙扎，到底該不該再多花些時間將這個故事納入書中。因為對當時第一次寫

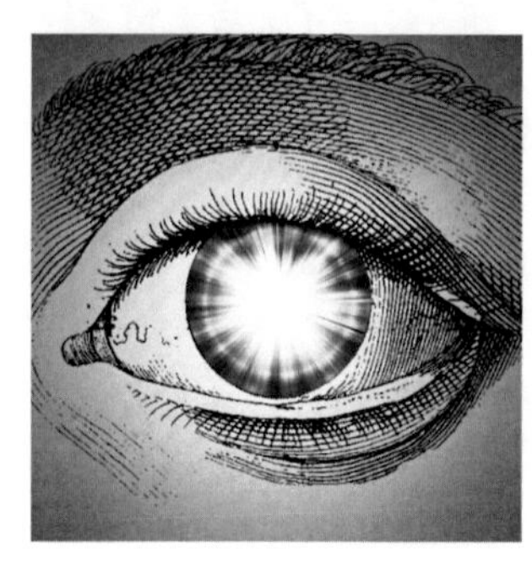

書的我來說，寫書真是很大的挑戰，若能盡早付梓，也了了我的心願；但是，當我採訪這位人物之後，感覺若不把他的故事寫出來，心裡很不安，覺得欠了讀者另一個感人的故事，也違背我寫這幾篇故事的初衷，這樣的聲音一直不停，直到我下定決心，重新開啟電腦，寫下了他的故事。

認識安強的過程就是一個精彩的故事。星島中文電台在暑假前都會應徵實習生，讓他們在暑假時，能到電台幫忙並讓這些新兵有學習的機會，范安強就是來應徵的實習生中的一位。當我們知道他是一位盲人，並且能說流利中文的墨西哥裔美國人時，對他的背景和應徵的態度，都感到格外好奇而且不可思議。他一開始就說明，千萬不要因為他是盲人，就同情他，他要以實力來得到星島的實習機會。雖然結果讓他失望，沒能錄用，但他表現得很樂觀。就是這樣的機緣，讓我發掘了他的故事，並且有榮幸邀請他上節目，和觀眾分享他的故事。

安強是史丹福東亞研究所的畢業生，學習中文僅僅五年，就有實力進入這高等學府。前史丹福亞洲語言文化系講師朱琦教授曾是他的老師，在訪問范安強前沒多久，我才訪問了朱教授，並得知他們的師生關係，當晚就請朱教授在節目過後，簡短錄幾句對安強的看法並鼓勵他，讓我可以在節目中給范安強一個大驚喜。

朱琦教授對安強的評價很高，初識安強時，他也曾質疑過，盲人學生可以跟得上進度嗎？結果是朱老師是多慮了，安強不但跟得上進度，還會主動挑戰課堂上練習的機會，像是閱讀較艱澀的文章。安強對生活的態度更令人感動，老師還在節目中特別提到，范安強在下雪天，發高燒的情形下，登上泰山；而且各位請別忘了他是位盲者。問安強為何要這麼做？他給了一個很堅毅的回答：在艱難的條件下，他若真能登上泰山，遇到任何困難的事情，他都不再害怕。他的精神和態度非常鼓舞人心。

在節目中，我們也聊了他學中文的心得。當被問及學中文最難的是什麼？他認為，學成語最難，因為四個字裡隱含了很重大的意義和故事，要用得恰到好處，是最困難的地方。他提到，最近學到的一句成語，就是「塞翁失馬、焉知非福」。這句成語彷若就是他的人生寫照，他失去視力，成為盲人，讓他更懂得珍惜周圍朋友的友誼支持和幫助，也讓他對世界和人生觀有另一番不同的看法；或許正因為常懷感恩之心，在他成長過程中，竟回憶不出任何一件讓他難過的事。

安強在四歲時,不知甚麼原因讓他慢慢看不見,必須生活在一個我們無法想像的黑暗世界,但他始終樂觀面對,開朗積極地過著每一天。我希望能夠藉著范安強的故事讓更多人知道,像安強那樣能從逆境中成長,不怨天尤人,一樣能快樂進取,身體的殘疾不是可悲,心裡的殘疾不健全才可怕,「知足常樂」在他身上是最佳的寫照吧!安強的人生故事帶給我們的是激勵,心中的光亮才最為美麗。

尾聲

以上的這些故事都實實在在發生在我們的身邊,正因為他們的真實,才會觸動我們的心。採訪這群人物給了我不小的震撼,每段故事都有值得學習與省思的地方,也許是一句話,也許是一個想法。人生一輩子起起伏伏,很少有人可以如意順心到終老,也很少人安於現有的幸福。另外又有多少人遇到挫折失敗可以站起來,重新開始?我們常聽到「面對它、處理它、放下它」的箴言，但真正又能做到多少？透過這些感人的故事，我深切地體會到，在社會的許多看不到的地方，許多我們不知道的人們正與多舛的命運搏鬥著，而此時刻的我是多麼幸福，更讓我惜福與反省：「如果」有一天，在我的人生，也遇到如此巨大的挫折或轉變，我是不是也能像他們一樣堅強、勇敢地活下去？我沒敢給一個肯定的答案，但我知道，他們的故事會是我最好的學習。我衷心希望，當您讀完這些人生故事後，也會帶給您對生活與生命更多的啟發與珍惜！

精彩完結篇

■撥出時間：二〇一二年六月二十七日、二十八日

《今夜有話要說》是我媒體生涯中的一個逗號，而非句點。海翔還會回來，或者該說海翔從未離開——I will be back！

——海翔

動念寫第一本書時，從未沒想過，會寫到這篇「精彩完結篇」，這可再次印證了計畫趕不上變化的道理，這樣的結局並不在原本的計畫裡。

其實，我得知節目即將停播的消息，並不是由電視台人員告知的，而是傳播圈好友的「爆料」，才知這驚人的消息。我立

一路走來，有你相伴，真好！謝謝我的副製作人KEN。

刻向台內主管求證，得到的答案是：確有此事；而且節目「起死回生」的機率相當渺茫。頓時，我心裡湧入許多的不捨和難過，在處理這些複雜情緒的同時，我還想著要如何堅強面對接下來的事情。

事事難料，也不盡人意，《今夜有話要說》正式向電視台同仁以及廣告商宣布停播那一天，正是我生日的前一天，真是好不諷刺的生日禮物啊！雖說這一天的到來，並不在我事業的計畫中，不過，人生不就是許多無法意料的故事串連起來的嗎？有了這樣的想法之後，讓我淡定許多。後來，在節目結束的處理方式上，我很感謝電視台對我的尊重，讓我親自對觀眾宣布節目停播的消息，那天的日期我記得非常清楚，是六月十八日星期一，也是距離我確定停播消息之後的一個半月。

在這一個半月期間，我是處在一個非常奇特的情況之下，我明白即將和觀眾朋友道別，但是大家又完全不清楚這個狀況我也不能在節目中透露半點訊息，甚至顯露一絲絲情緒上的不穩，也無法對來節目的嘉賓透露，這樣的配合演出是很磨人的。即使到了最後幾天，我有越來越多的複雜情緒不自覺地湧出，但我也不斷地告訴自己，做為主持人，我不能將太多的情緒投射在節目裡，影響不知情的觀眾，相信，我的表現沒有人看得出節目即將吹上熄燈號。只是，我每天都在心裡一天一天地倒數著，同時也格外享受在攝影棚及和觀眾相處的每一分，每一秒。

對我而言，最難的一件事情莫過於主持最後兩集節目，我該說什麼?定什麼調?如何和大家說再見?如何在專業和個人情感上拿捏?若以節目效果來說，若我在道別之時，真情流露，掉下了眼淚，可能會有很好的收視率，甚至成為話題，但是，我一點都不想拿我的心情來做文章。話又說回來，我一想到要在螢光幕前道別，還有聽眾Call-in的聲音以及和同事說再見的種種情景，淚灑攝影棚的可能性實在很高，但我並不希望《今夜有話要說》是以悲情收場；它應該是溫馨、感動及勵志，甚至帶有開心的元素，來呈現過去四年來與觀眾共度的難忘經驗。

但若您問我當時的情緒是不是會掉淚?我的答案是肯定的！但一哭，很有可能會一發不可收拾，連話都說不清楚，那該如何主持節目呢?我可不想我積累多年的陽光形象就這麼一哭就全沒啦，但，畢竟這四年的時間裡，用生命在做節目，投入太大的精力，而今要結束，在情感上是很多的不捨。

但，我也體悟到，結束是另一個開始，而且過程才是最為美好的。從另一個角度來說，我很期待人生下一個階段的來臨（註一），以及新的刺激和挑戰，我是頗能看淡這一切的起伏；說真的，我的難過是來自不捨，並非如外界所傳，是因為節目停播受到挫折而悲傷。

製作《今夜有話要說》這個節目，一直到最後一刻，我都在努力地做人生的功課——惜福、珍惜、感恩和回饋。我不知道自己學到了多少，但是，能和電視人才一起工作，能和觀眾一同探討問題，能和一流的受訪對象學習，我真的好感恩，覺得自己是如此幸運。一想到這些，我不禁跟自己說：「何難過之有？應該開心才是。」終於，我堅持到最後一刻，以平靜的心情把節目做好，這股動力來自我一直心存感激並懷著喜悅之心，而且沒有流下一滴男兒淚，順利地將節目主持到最後一秒鐘！

精彩完結篇以Part 1和Part 2，上下兩集的方式播出，也是創舉。除了想

註一 《今夜有話要說》結束之後，立刻投入廣播節目《四海翱翔》的主持工作，後來節目改名稱為《焦點訪談》。二〇一五年獲得海華基金會第一屆海外優秀十大傑出青年，由前總統馬英九親自頒獎。主持《今夜有話要說》，服務灣區僑民是主要獲獎原因之一。

珍重再見！與工作人員大合照，包括節目總監Victor Mario（(左七）、主播黃侯彬（右一）、副製作人吳啓光（左四）和美工、工讀生等。

讓觀眾多多發言，「有話要說」之外，也回顧了我從二〇〇八年到二〇一二年在外在形象上的改變，也帶著觀眾回味了節目的精彩片段。我坐在主持檯上，看了這些畫面，還挺激動的，看著自己因為這四年的歷練而更顯成熟了，在應對上似乎也圓潤沈穩，問問題的方式也有條理許多，這段的成長讓我更加珍惜這段主持電視節目的緣分。

在Part 1中，我稱它為

「驚喜連連篇」，除了給觀眾驚喜之外，我也被驚喜到了。給觀眾的驚喜是，我在倒數第二集時，走下主播檯，一路帶領觀眾，隨著攝影機，看看節目背後的幕後英雄以及我們平時工作的地方。這個時段開播十二年以來，主持人都是坐在主播檯上做節目，相信觀眾很驚訝海翔走下主播台的畫面吧！千萬別小看這短短的六分鐘，所有工作人員為了這六分鐘可花了兩天的時間來準備，因為是做現場節目，不能NG的。我也利用攝影鏡頭在介紹工作團隊時，謝謝每一位工作人員為我做的一切，沒有他們的辛勞努力，也就不會有螢光幕前的海翔。

節目另一位製作人吳啟光帶給我一個大大的驚喜，原來大家暗地裡安排兩位台內女主播廖培君和古琳嘉在新聞棚裡和我現場連線。在第二段進現場畫面時，導播不等我說話，直接將畫面切換到新聞棚裡的廖培君和古琳嘉，這樣的攔截畫面，讓我嚇了一大跳。當兩位主播對我說「SURPRISE」時，我一時之間眼眶泛紅，不知該如何反應。她們參與了我最後一集節目的「歡送會」，令我著實感動，琳嘉和培君說了不少溢美之辭，讓在螢幕前很不好意思，除了說我用功認真之外，培君還開玩笑說我很有禮貌，見到她時，總不忘稱她「培培姐」，我也得到兩位主播的祝福。

當畫面再次轉回到我身上，我大概停格了幾秒，讓激動的情緒稍稍緩和下來，這也是我做電視節目四年來，第一次在螢幕前的「意外」，而且她們說的每一句話，我都差點破功飆淚，尤其製作人吳啟光的細心安排，讓我特別感動，他不僅是我製作上的諸葛先生，總是在適時伸出援手，謝謝他。

Part2，我歸它為「溫馨勵志篇」。我特別謝謝時任壹電視海外事業發展部總裁斯美玲，在這集精彩完結篇中，她預錄一段鼓勵我的話。我還記得剛接下《今夜有話要說》時，曾專訪過她，那集節目也創下我主持中的第一次高收視率。在完結篇中，她提起第一天看到我穿西裝的樣子很難和我平日的隨性活潑聯想在一起，但是，四年下來，觀眾不只接受了西裝筆挺的海翔，而且看到了我的努力。她也提到，節目不僅讓華人吸收到不同事物的訊息，也讓大家對移民環境有更深的了解。斯美玲的每一句鼓勵，我聽了又開心又感動。

終有謝幕的一刻，此時，所有工作人員突然蜂擁而上，圍繞著主持檯，圍繞著我，他們熱情的擁抱、滿滿的笑容是給我在這個時段的最後支持，其中包括我最愛的家人；當下的我，好不幸福，一千多個日子的努力付出，都值得了！

記得，在最後節目中，我說：「節目四年，現在算是風光下檔。」現在，在這篇文章裡，請容我不謙虛地再說一次「海翔風光下檔」，有這麼多朋友支持我、關心我；臉書（Facebook）裡、微博中，我第一次體會到，什麼叫做「塞爆」，他們安慰我、鼓勵我、給我加油打氣。灣區多位好久不見的朋友，打電話進來，讓我激動不已。攝影棚外各部門的同事都百忙抽空，甚至延後下班時間來與我道別。我那時除了一再的感謝，我一時辭窮，竟不知如何應對。

當晚的歡送會一直到凌晨十二點三十分左右，該離開了，開車回家的路途上，我心中滿滿，但又有一股說不出的感覺，此刻起，我不必再擔心緊張想明天要請那一位嘉賓上節目，談什麼議題了；我是輕鬆了？空虛了？還是該為離別而難過？老實說，我到現在還不曉得。

從當年眾人眼中的小毛頭，在不被看好的情形下連我自己都十分意外地接下這個節目，一路走下來，風雨無阻，突破不少困難，始終期許自己能做

珍重再見！美麗七仙女也來歡送。

出最高品質的節目，陪伴著觀眾朋友。說不累那是騙人的，但我真的非常熱愛這份工作，非常喜歡和觀眾朋友互動。四年下來，我盡力做好每一集的節目，雖說不是人人滿意，也不能說是集集成功，但在極有限的資源和環境條件下，我無愧於心。

《今夜有話要說》一直以服務舊金山灣區華人為目的，希望我的熱情、我的真誠、我的努力，可以感動也感染大家，這也是我對灣區華人社區盡一點微薄心力。

如果觀眾能感受到我的用心，就是給我最大的支持和鼓勵。

《今夜有話要說》在我寫完這篇時，正式劃下一個美好的句點，珍重再見了！不過，海翔還會回來喔，還是該說海翔從未離開！

在最後一集的節目中，我也花了一點時間分享觀眾在我的臉書或是微博中的留言，滿滿的關心，滿滿的愛，讓我無限感恩。在此也與讀者重溫：

「WENHAI ZHENG：海闊任魚躍／翔飛志更堅／忠誠意氣揚／男兒當志強。」

「BENNY CHAN：鳥飛魚躍領風騷，海闊天空任翱翔。」

「JINGJIANG YU：海翔，我看到了你眼睛裡含著的淚水，依然不變的是你面帶微笑的神態，這一切將會在灣區每一位喜歡你的觀眾的心中永遠定格！期待的是你全新的起步，和不變的熱情！我們期待……！」

「EMART GOU：今夜有話……盡在不言中……今晚收視率破表……加油！」

「DAN YAN：I don't wanna close my eyes, cause I don't wanna miss a thing! 支持

你到底！加油加油喔：）」

「JESSICA LEE：翔弟，在最後幾分鐘含著淚水撐到底，又沒有崩潰，真的控制得極好。漂亮風光下台，我們以你為榮！有空打個電話來，給你燉補湯！」

「ESTHER GRANT：看你的節目，我真的忍不住哭了。因為你真是個『好孩子』，真誠到讓我太感動了。在現在這個世代，很少有這樣人了。我想你的父母是一定很棒的，才會養育出你這麼好的孩子，我們實在太愛你了。」

Part 5
「今夜」之後……

在《今夜有話說》節目之後，應該是給自己一點時間，好好地喘口氣，休息一下。但實際上，節目結束的隔天，立刻在星島中文電台FM96.1，早上九點時段，開闢了一個第一次以我的名字「海翔」為依據的全新節目——《四「海」翱「翔」》。

這個以時事為核心的談話性電視節目，則移轉到廣播頻道，雖轉換媒體跑道，但不變的是，節目仍圍繞著朋友們關心國際時事和重點新聞。節目推出後受到聽眾們熱情的回應烈，也是成功的轉換。幾年後，節目轉型，改名為「焦點訪談」，更加著重話題的深度探討，也就是現在的節目型態。其間，節目中，也專訪了不少各領域的名人，包括：臺灣前副總統吳敦義、前副總統

《四「海」翱「翔」》的宣傳照。

呂秀蓮、前行政院長謝長廷、前國民黨主席洪秀柱、資深媒體人周玉蔻、前總統府發言人羅智強、新聞主播蕭子新、美學大師蔣勳、前立委謝啟大、歌手曲婉婷、裘海正、施易男以及國際大導演侯孝賢以及九把刀等人。從電視到廣播，我仍相當幸運，能從訪談中，向他們學習。

前副總統呂秀蓮 vs 前副總統吳敦義

身為時事節目主持人，我有機會專訪臺灣兩位不同黨派、前後任期的副總統，前副總統呂秀蓮以及前副總統吳敦義，是很難得的機會。這兩位前副總統不僅黨派不同，性格迴異。身為一位媒體人，在中立性的原則下，採訪不同黨派的領袖人物；兩人個性不同，執政風格不同，在採訪過

與呂前副總統合影留念。

程中，產生不同的化學變化和效果。

對呂秀蓮的第一印象是她的就是霸氣，有威嚴和距離感。訪談過程中，若她覺得遇上問題不清楚或不夠正確，都會很直接地表達，並糾正我的問題。對我而言，是很好的學習。採訪呂前副總統，時間非常緊湊，訪談是安排在她前往演講之前，在她下塌飯店。因為時間極為有限，能觸及的問題並不多。記得我當時一進房間，呂前副總統早已坐在餐桌前等待我們的到來。她那股威嚴又霸氣的氣場，讓空氣頓時凝結，我和工作人員不敢多說一句話，就連事後要求合照，她一句，「趕時間，大家合照就好。」，也沒人敢有異議。

第二次採訪呂前副總統，是在二〇一六年。當時，我特地回臺灣報導總統大選，因而又再次聯繫上呂前副總統，請她為總統大選做選前預測及分析。我想大概上回表現還算不錯，這回採訪給足了我三十分鐘的電話專訪。

對於二〇一六總統大選的看法，當時呂前副總統表示，民進黨有絕對優勢。除了蔡英文主席領導有方之外，國民黨的衰敗，讓民進黨有機會重拾政權。權威老虎時代已經結束，這次的選舉「武松打虎」，就是臨門最後一

採訪的過程中，一些較尖銳的問題，吳前副總統都仔細回答。

腳，這也是三、四十年來民進黨努力的成果。未來各政黨政治勢力會大洗牌，國民黨需調整好體質才能重新出發，小黨會有獨立的生存空間。如今，回頭來看她的分析，也有幾分準確。

再來談談前副總統吳敦義。二〇一五年底有幸採訪他，相對於呂前副總統，他展現出較為親民的一面。與他的訪談中，我也較大膽地挑戰他一些問題。好比，他對政壇及媒體圈稱呼他「孤鳥」一事的看法，他的回應是謙虛中又帶有自信。他表示若是政壇「孤鳥」又如何從最年輕

吳前副總統主動找我合影，並且主動向我要名片，讓我受寵若驚。

的地方首長，一路順利從政一直當到副總統？在他的政治生涯中，他幾乎沒有敗選過。「孤鳥」一說，是因為有人在公眾場合中誤傳消息，聽者日後將它解讀吳敦義成人緣不好，是「孤鳥」一隻。

坦白說，他從政過程中也受到許多貴人及朋友幫助及支持，並沒有像「孤鳥」一樣不受歡迎與寂寞。而這次也是他卸下副總統一職後第一次訪問舊金山灣區。雖然沒有對外公布主要來訪目的，但大家都可猜測得出他來訪灣區，是為競選國民黨主席探路，也累積人氣。採訪他時，吳前副總統並沒有正面回應是否出來參選，這也反映出他做事小心謹慎又圓滑的風格。但在出訪的幾個月後，他就正式宣布競選國民黨黨主席，最後也是高票當選了黨主席。

採訪完畢後，他主動拉著我的手和我合影留

念，還提醒我沒給他名片。這還是頭一回，有這麼重量級的嘉賓主動向我要名片。在歡送午宴上，吳前副總統致辭詞時，對這次訪問灣區所有幫忙他的人都一一致謝，每個人的名字和負責項目他都記得清清楚楚，包括我也在內，讓我受寵若驚。更讓我驚訝異的是，在午宴席間，他還特地走到我旁邊坐了下來，再一次對我闡明他的理念與想法致意，並拿出一張是臺灣媒體對他報導，是他在擔任行政院長時期的優良政績，證明他是一位肯做事、為民服務的公僕。現在，即使有人罵他是「白賊義」，有人說他是政壇「孤鳥」，或許都有其不同的解讀面，但在我眼中，我看到的是他親民、圓融和記憶力過人的一面。

總統府前副祕書長羅智強 vs 資深媒體人周玉蔻

「頂新門神」一事讓總統府前副祕書長羅智強親上火線，在電視節目上與指控他的資深媒體人周玉蔻相互激辯、當面對質。周玉蔻狠批羅智強以前總統馬英九身旁紅人之姿，與頂新魏家互動，同等於替馬前總統與頂新

羅智強是我最欣賞的新生代政治人物之一，反應快、口才好，又有責任感。

互動。周玉蔻還語帶諷刺的說，即便羅智強是馬前總統的「門神」，也是眾多門神當中的小門神，他不用自抬身價。羅智強則回應，身為幕僚，其工作之一就是要和企業界接觸並蒐集資料，頂新只不過是其中之一，並沒有特殊關係，若外界認為互動過多，有所不妥，他都概括承受。他也說，他並非和所有人會面，都必須報告馬總統，也直指，周玉蔻說他收賄與關說，毫無証據。兩人在節目中的激烈交鋒持續到舊金山灣區，羅智強與周玉蔻兩人先後來到灣區，雖沒能同時上我的節目，但分別在節目中提到彼此，依舊是火藥味十足。

羅智強給我的第一印象是清新、機智、口才好，這些是總統府前副祕書長羅智強給我的第一印象。二〇一六年到訪舊金山灣區主要是展開他的「北美萬里行」——傳達「野台」的理念，並在北美各大城市舉行「客廳會」。除了聽聽僑胞的故事，拓展自己本身的視野之外，他更要做好監督執政黨的角色。並且要善用有限的資源，凝聚在野的所有力量，將這些力量資源極大化。所謂的「客廳會」，就是在支持者的家中，做為他宣揚理念的地方。無論客廳裡來多少人，他都傾力把自己的想法表達出來，將理念一點一滴鞏固起來。

問及國民黨已為在野黨，會與民進黨當時在野的形象與做法有何區隔，又如何扮演好監督的角色？他表示，國民黨既然已經在野，就要做好在野黨的角色，國民黨必須找到在野策略，盡快從失敗的陰影中走出來，複製民進黨當年的在野策略並不可行。他對國民黨也充滿期待，尤其是世代的傳承以及如何號召更多的新血加入國民黨的部份，這正好反映他對黨的期盼與熱忱。

「北美萬里行」行程先從鳳凰城到洛杉磯，再到舊金山、西雅圖、芝加哥、渥太華、多倫多、波士頓、費城、紐約、亞特蘭大等共二十九座城市。羅智強透露，北美行結束後，他會繼續「野台」的活動。我也觀察到，每每臺灣政壇上有任何消息或新聞話題，都能在臉書上或是其它媒體報導上，看到他持續努力做好監督執政黨角色的身影。

採訪過許多爭議人物，談起周玉蔻，除了自稱「先知」的郭冠英之外，就屬「蔻蔻姐」最受爭議。採訪的前幾天，我在臉書上，PO文預告周玉蔻即將接受我的採訪，希望大家準時收聽。沒想到有許多人責問我為何要請她上節目，直言訪問她將大損我的風格，還說要拒聽節目。這樣強烈的反應，還真出乎我意料之外。而我的回應則是，不論她多麼具爭議性，或許有許多人不喜歡她，但來者是客，也希望大家給周玉蔻個機會，聽聽她的觀點，聽完節目再下結論。

作風辛辣、自我合理解讀、自戀又自信，是我對「蔻蔻姐」周玉蔻的見面後的第一印象。由於臉書上的強烈反應早已給我打了預防針，節目中的火爆已在我掌握中，但聽眾的參與程度

蔻蔻姐個小人膽大，Call-in電話犀利對答一點都難不倒她，很開心節目後能與前輩合影。

之高，仍是超乎所料。面對我所提問的新聞人操守、九二共識、頂新案等話題，「蔻蔻姐」一展平日豪語及辛辣作風，逐一回答。節目採取廣播及網上直播，過程中聽眾灌爆網路留言板、Call-in互動火爆，身經百戰的周玉蔻都能應對自如。她還說，比起臺灣，舊金山灣區的觀眾已算很有禮貌，在尊重對方的前提下提問，大家都得以暢所欲言。

在萬眾矚目的馬習會上，「蔻蔻姐」的大膽作風讓她成為國際焦點。她抗議中國國台辦主任張志軍，開放提問的題數不夠多，並大聲嗆聲前總統馬英九回答問題不夠直接，她的行逕被視為「鬧場」。對此，「蔻蔻姐」周玉蔻在節目中表示，記者的專業與使命就是打破砂鍋問到底，把真相找出來。她又強調，「新聞不是天上掉下來的，也不是餵養出來的，而是自己『跑』出來的。」對於記者這個行業，我相信周玉蔻顯然有著一番見解。而對於她曾為國民黨一份子，現在明顯地「挺綠打藍」。她回應，自己只挺臺灣的自由民主，並否認自己對藍、綠兩黨有雙重標準。誰代表了自由民主，她就會支持誰，她也強調，她並沒有只單單質疑國民黨，而沒質疑民進黨。她說，像是蔡英文總統在釣魚島等事件上過於向美國屈服，立場不夠強硬，她也提

我跟子新有好交情，專業上他真的教了我許多。

出強烈的抗議。這點正好就是質疑民進黨政府的最好例子。

當紅主播蕭子新

臺灣年代電視台新聞主播蕭子新一直是我在職場上的Road Model，不論是在新聞播報方式或是對新聞專業處理態度上，實實在在都是我學習的對象。每年回臺灣都會找機會和他小聚向他請益，也順帶惡補一下臺灣媒體的瞬息萬變。因為星島中文電台和年代電視台有業務上的合作，加上二〇一六美國總統大選特別報，在年代、星島兩家傳媒的合作下，讓我也對這位當紅主播更加熟悉。

二〇一七年初蕭子新給自己放了一個大假，來到了美國，第一站就是舊金山。我理所當然地盡地主之誼，他是個完全沒有架子的大主播，相當平易近人。他最為嚮往的美式食物竟是知名連鎖漢堡店In-n-Out漢堡。他說，幾次與之失之交臂，沒機會嚐到漢堡的美味，這回終於如願以償，開心不已。但讓他懊惱的是，招牌薯條Animal Fries雖說好吃，但熱量太高，在享受美食的同時，還是要兼顧形象，須有所節制，這對同樣身為主播的我來說，可是有深深的體會呀。

子新來到舊金山，怎麼能放過如此好機會，當然要請他上節目。欣然接受的他立刻轉換心情模式，從休假模式中調整為專業主播的形象與機智。面對臺灣媒體亂象及缺乏國際觀等問題。他有一番獨特的見解，他說，除了市場供需問題之外，也提醒希望聽眾不必太拘泥一些細節，民眾是有智慧去選擇媒體，而不再是媒體單一地「餵養」民眾訊息，特別是現在的年輕人，這也就是新媒體產生的原因之一。對於電視圈的名嘴文化，子新用「演戲的是瘋子，看戲的是傻子」來形容現今的談話性節目。

節目中，子新也分享他的採訪經歷，例如二〇一四年印尼的排華運動、三一一日本大地震、尼泊爾強震、伊朗核武危機、盧安達大屠殺等。深入災區、進入暴動地，每一條新聞都可說是用生命所換來。與他的經歷相比，我的採訪經歷只能算小菜一盤。問及為何不將精彩經歷轉換為文字和大家分享，他的回應竟然是「太麻煩了！」。他以為，有電視節目幫他做記錄就已

蔣老師真的懂得好多，讓我變得相對渺小，採訪他一次勝過讀十本書。

經足夠，但也不排除日後有出書的可能。我則十分地期待！

美學大師──蔣勳

訪談節目主持人的基本功就是做足採訪來賓的準備功課，一方面是對來賓的尊重，另一方面也是對自己專業上的責任與態度。而專訪美學大師蔣勳所花的準備功夫可說是特別多，原因是蔣老師實在是太博學多聞，若不做足功課，很容易就在節目中突顯自己才疏學淺。因此，在過程中，每當越瞭解他，越覺得自己的相對渺小。一幅〈富春山居圖〉，一部《紅樓夢》，在他解說下，不僅易懂又生動，蔣老師更能將深層的中國文化底蘊及博大精深，藉由他的口中娓娓道來，這樣功力無人能及，實在了不起！

蔣勳老師談了三十多年的「美學」。這回在舊金山灣區（二〇一六年，蔣勳於灣區為新希望華人癌症關懷基金會籌款演講），蔣老師將身體健康與美學結合在一起談「身體美學」。他說，不同文化對身體表達與意義也不同，中西文化對身體的認知也是相差甚遠，西方著重身體接觸，東方則是相對保守，對身體則著重禮教，身體的潛能無限，我們如何將之開發到極致，這是必須去探討。而身體上有些病痛，這是上天給你的祝福，並非詛咒。這樣的想法，更是蔣勳老師在節目中呼籲大家要注意身體健康，但若遇上了病痛，就要樂觀面對。最後蔣老師也再次強調「身體美學」應該是用行動來表達，用行動來感覺。好比，適時不吝嗇人地給人擁抱，又好比，找個機會好好泡個溫水澡和自己的身體來一場親密對話，多瞭解自己的身體，進而照顧好自己的身體。總之，華人不應像過往一樣過於保守，要讓自己身心靈都健康，就應建立與過往不同的新美學型態。

在與他面對面的同時，他的謙卑與自在更是深刻感染我。在訪談中，他的回答充滿禪理。問他人生中有沒有「小確幸」，他回應，在來上節目的路上看到路邊的野花很美，這就是他的「小確幸」。再問及他，我們人生中總有太多「捨得」與「捨不得」，可是要如何放下？他說，所有的關係都不會是永遠，所有「捨不得」到最後都要變成「捨得」。因此，「放下」

就應該當做我們每天該做的功課去學習，並且學會珍惜當下。正因這樣的觀念，老師的哲理深深影響了我，讓我也成為了老師的小粉絲，他更是我學習的對象。

國民黨主席洪秀柱

針對臺灣二〇一六年總統大選，當時，我的母公司《星島日報》規劃了一系列的大選報導，我也參與其中。針對大選報導，我對國、民、親三黨候選人都提出「專訪」申請。由於各黨對選戰的訴求不同，民進黨採取少說少錯的原則，親民黨宋楚瑜主席希望可以更貼近民眾，參與民眾活動。國民黨方面則希望加強力度來宣達理念，因此在各黨有不同選戰策略的考量下，最後只成功地專訪到當時還是國民黨總統候選人洪秀柱。

專訪洪秀柱是在二〇一五年十月份，當時她還面臨國民黨二〇一六總統候選人的「換柱風波」的問題。最後的結果，大家也都知道「換柱」成功，由新北市長朱立倫替補。二〇一六年總統大選中，民進黨籍的蔡英文當選總

杜杜姐真的很嬌小，但她的理想和抱負可真不小，採訪她被她的氣場給鎮住，她真不簡單。

統。而「換柱風波」及國民黨在大選當中慘敗的後果，讓國民黨持續內鬥與元氣大傷，一直到現在。

採訪是在台北進行，採訪當天，我又再一次情商好友白美洪製作人（花博篇介紹過）客串我的攝影師，替我拍攝與洪秀柱的專訪。當天上午十點，我倆早已戰戰兢兢站在立法院門副院長辦公室門口，等候進辦公室採訪洪秀柱本尊。見到身穿藍色西裝外套的她，看起來氣色相當好，個頭真的不高，說話犀利卻帶有正義感。當然這次訪談的內容圍繞著「換柱風波」、「急統高帽」以及副手人選等問題。面對這些相當直接的問題，「柱柱姐」知無不言、言無不盡，在訪談中都一一詳盡回答。她的反應快而準，「小辣椒」的稱號是人如其名。

談到「換柱」問題，她鏗鏘有力地表示：她是由國民黨合法程序所選出來的候選人，所以沒有任何理由改換她候選人的資格，她的意志也足夠堅強，戰士上了戰場，不可能再退出，一定會勇往直前，堅持到底。如果連這一點抗壓性都沒有，要如何當總統？她會努力將自己的政策端出來，一步一腳印往前走，不能因為這一點挫折就畏懼。另外，「柱柱姐」也說，兩岸政策問題無疑地會是選戰中的重要話題。她贊成前總統馬英九的不統、不獨、不武的政策，她認為，這樣的理念為臺灣帶來很好的發展契機，但這樣的成果也只是一個現階段的成績，目前的政策遇上了瓶頸，面對臺灣內部出現反中、台獨、去中國化的聲音，她認為「先經後政」已經不足，而是需要政治對話。正因為這樣的想法，讓她被蓋上急統的紅帽子，她無奈地說，她應該有一個「說清楚講明白」的機會。

二〇一六總統大選，「柱柱姐」洪秀柱並沒有全程參與。最後我們看到了她如英雄般壯烈地犧牲自我，漂亮地下台，由朱立倫接替了她代表國民黨參選，她內心定是百感交集，那種心境大概是我們無法體會的。我腦海中想起她所言：戰士上了戰場，就不可能再退，一定要勇往直前，堅持到底。無論如何，我想，「柱柱姐」做到了。

《刺客聶隱娘》導演——侯孝賢

「侯孝賢導演很難採訪，有時還會罵人。」這是我在採訪國際大導演侯

我真的怕被侯導罵，採訪完後覺得他並非傳說中的那麼兇，輕鬆合影一張。

孝賢之前，同業對他的印象。但據我的觀察，侯導演是因為個性爽直，又是資深前輩，希望我們這些後輩能在專業上，表現得更好，求好心切，心直口快，難免讓對方覺得被罵的感覺。我對侯導的印象反而是他很親切，配合度又高，並不像傳言中的難以採訪。

能夠採訪到侯導演，是他帶著新作《刺客聶隱娘》赴美國宣傳。這部影片不但在各大影展上獲得熱烈的迴響，也得到美國主流媒體的爭相報導。不僅是導演和影片本身，表現傑出的電影幕後的專業人員，像是攝影大師李屏賓等人也都成為報導的焦點。這次侯導演帶著新作《刺客聶隱娘》在舊金山灣區與觀眾朋友見面，透過舊金山經濟文化辦事處王四海組長的細心安排，媒體得以有不少精彩的專訪。我雖然只有十五分鐘不到的採訪時間，但能與大師交手，相當過癮。

在這短而匆促訪談中，我們主要的話題之一是侯導的拍片的手法與特色。其中「寫實」就是侯導電影作品中的特色之一。從《刺客聶隱娘》中就能清楚看到侯導這樣的手法。我請教侯導，電影可以天馬行空，為何他重寫實？侯導表示，電影一切手法都要在有範圍、有邊際之內發展，而不是肆無忌憚地發揮，這也就是一種寫實的概念。

另外，片中的「唐」味濃厚，導演又是如何將唐代的風格寫實地呈現出來？侯導將這樣的成果歸功給所有工作人員。他說，幕後的每一個工作角色，都必須做足功課，徹底瞭解唐代風，不論是燈光、美術或是音效皆是如此。當然，演員花了十足的功夫，也都瞭解導演的要求和拍攝方法，因此，出來的效果就會令人滿意。

最後，侯導也談了對票房好壞的看法，他面無表情卻語帶幽默地說，如果總想著票房好壞，想著如何拍攝出是觀眾喜愛的情節和手法，這樣的想法若一直存在的話，是無法把電影拍完。若電影有市場，錢的問題自然可解決。

從事媒體主持工作的好處之一，就是可以接觸到各行各業、各式各樣的人。短短的十五分鐘，我並不覺得侯孝賢導演很兇，「求好心切」可能是形容他更好的辭彙。在這位大導演身上我強烈感受到他渾身都充滿著電影細胞與對電影的熱忱，電影儼然是他的生命，充滿光與熱的生命！

新銳生活23　PE0128

新銳文創
INDEPENDENT & UNIQUE

今夜採訪誰？
——臺灣囝仔勇闖美國的飛翔之路

作　　者　海　翔
責任編輯　辛秉學
圖文排版　周妤靜
封面設計　王嵩賀

出版策劃　新銳文創
發 行 人　宋政坤
法律顧問　毛國樑　律師
製作發行　秀威資訊科技股份有限公司
114 台北市內湖區瑞光路76巷65號1樓
電話：+886-2-2796-3638　傳真：+886-2-2796-1377
服務信箱：service@showwe.com.tw
http://www.showwe.com.tw
郵政劃撥　19563868　戶名：秀威資訊科技股份有限公司
展售門市　國家書店【松江門市】
104 台北市中山區松江路209號1樓
電話：+886-2-2518-0207　傳真：+886-2-2518-0778
網路訂購　秀威網路書店：http://store.showwe.tw
國家網路書店：http://www.govbooks.com.tw

出版日期　2017年11月　BOD一版
定　　價　360元

Printed in Taiwan

國家圖書館出版品預行編目

今夜採訪誰?：臺灣囝仔勇闖美國的飛翔之路/ 海翔著. -- 一版. -- 臺北市 : 新銳文創, 2017.11

面； 公分

BOD版

ISBN 978-986-95251-6-9(平裝)

855 106015281

讀者回函卡

感謝您購買本書，為提升服務品質，請填妥以下資料，將讀者回函卡直接寄回或傳真本公司，收到您的寶貴意見後，我們會收藏記錄及檢討，謝謝！

如您需要了解本公司最新出版書目、購書優惠或企劃活動，歡迎您上網查詢或下載相關資料：http:// www.showwe.com.tw

您購買的書名：__________________________________

出生日期：________年________月________日

學歷：□高中（含）以下　□大專　□研究所（含）以上

職業：□製造業　□金融業　□資訊業　□軍警　□傳播業　□自由業

　　　□服務業　□公務員　□教職　□學生　□家管　□其它_____

購書地點：□網路書店　□實體書店　□書展　□郵購　□贈閱　□其他

您從何得知本書的消息？

□網路書店　□實體書店　□網路搜尋　□電子報　□書訊　□雜誌

□傳播媒體　□親友推薦　□網站推薦　□部落格　□其他__________

您對本書的評價：（請填代號　1.非常滿意　2.滿意　3.尚可　4.再改進）

封面設計____　版面編排____　內容____　文／譯筆____　價格____

讀完書後您覺得：

□很有收穫　□有收穫　□收穫不多　□沒收穫

對我們的建議：__________________________________

____

____

____

請貼
郵票

11466
台北市內湖區瑞光路 76 巷 65 號 1 樓
秀威資訊科技股份有限公司 收
BOD 數位出版事業部

…………………………………………………………………………………………

（請沿線對折寄回，謝謝！）

姓　　名：＿＿＿＿＿＿＿＿＿＿　年齡：＿＿＿＿　性別：□女　□男

郵遞區號：□□□□□

地　　址：＿＿＿＿＿＿＿＿＿＿＿＿＿＿＿＿＿＿＿＿＿＿＿＿＿

聯絡電話：（日）＿＿＿＿＿＿＿＿＿＿＿（夜）＿＿＿＿＿＿＿＿＿＿＿

E-mail：＿＿＿＿＿＿＿＿＿＿＿＿＿＿＿＿＿＿＿＿＿＿＿＿＿